Une sainte dévotion

Je me consacre à l'écriture depuis 2002 après avoir rédigé plusieurs ouvrages entre 1990 et cette date. Mes écrits ont un même fil conducteur spirituel, reflet de l'inaltérable foi en Dieu animant mon cœur. Ce qui m'a conduit à écrire, parfois, des histoires insolites et à devenir un auteur difficile à classer dans un genre.

ISBN : 978-2-3222-3518-6

Site internet : www.atypical-autoedition.com

François de Calielli

Une sainte dévotion

Chapitre 1

Janvier 1813

-1-

Mû par le désir soudain de fuir le lieu où plus rien ne m'attachait, j'entrepris une marche vers l'inconnu. Faisais-je cela, poussé par Dieu sur le chemin d'une destinée dont il était seul à connaître la vérité ? Ainsi je pris la direction de Doubrowna, depuis ma petite ville de Smolensk située non loin de la frontière biélorusse, en pointant mon index au hasard sur la carte sommaire que j'avais acquise chez un marchand.

Avec de vieilles nippes sur le dos, un vieux sac en jute et une outre d'eau accrochés à l'épaule, je ressemblais à un miséreux vagabondant droit devant lui. D'autant que mon pied bot de naissance m'obligeait à claudiquer, quoique je m'étais habitué à vivre avec cette petite infirmité. Cela ne m'empêchait guère d'avancer d'un pas vaillant. Fort des trois roubles en ma possession, je pus acheter du pain et un peu de fromage … mon unique nourriture depuis un certain temps déjà. Je ne larmoyais pas cependant, m'efforçant plutôt de trouver du réconfort dans l'espérance d'une marche guidée.

Les gens qui posaient sur ma personne un regard compatissant, dans les villages que je traversais, ignoraient que ma condition indigente ne me rendait point malheureux. Mon cœur contenait, en effet, une richesse que nulle fortune ne pourrait égaler, à savoir une infrangible foi en ce merveilleux Seigneur qui se sacrifia avec une abnégation et un amour sans pareil. Sa sainte Lumière était la seule grâce que j'espérais qu'il m'accorderait, enfin, en récompense de mon refus de souscrire dorénavant à la superficialité matérielle, aux joies terrestres.

Si mes parents m'avaient enseigné à prier le matin au réveil et le soir avant le coucher, j'étais conscient de ne rien connaître de la vraie prière, de celle en mesure de toucher le cœur de Dieu. Ayant dans ma besace la sainte Bible, un don de feue ma pauvre mère, je l'ouvrais durant mes temps de repos pour me nourrir de la Parole du Seigneur Jésus-Christ via l'Évangile de Jean, lequel avait toujours eu ma préférence. Par ce biais, j'oubliais ma misère et percevais même de l'enrichissement en cette dernière.

-2-

Après vingt jours de marche, j'arrivai à Doubrowna. J'avais lambiné, cette ville n'étant qu'à quatre-vingt-quinze verstes (1 verste est égale à 1,066 km). Avec les deux roubles encore en ma possession, je pus m'y offrir un repas chaud et y prendre une petite chambre dans une auberge. Le lendemain, il me fallut retourner dormir dans un abri de fortune avec pour tout repas un bout de pain ; car je n'avais plus un kopeck en poche. « Aie foi que Dieu pourvoira et il pourvoira effectivement », me dis-je.

Les températures glaciales en Russie pendant la période hivernale rendant cette pérégrination difficile, je me mis à douter soudain de sa pertinence. « Ne serais-je pas le piètre jouet de mon imaginaire ? », marmonnai-je après m'être assis sur le bord de la chaussée. Il me vint aussi à la pensée que Dieu me laisserait sûrement mourir de froid si je restais là immobile.

Mon instinct de survie m'incita à chercher un travail pour me loger et me nourrir autrement. Peut-être trouverais-je agréable ensuite de vivre là, voire d'y finir mes jours. J'appris que Doubrowna était un centre de tissage de châles de prière, mais que les ouvriers devaient travailler à domicile et accepter un salaire de misère. N'ayant aucun chez moi, j'envoyai cette possibilité de travail au rebut. Outre que je n'étais pas très adroit, je ne souhaitais pas, non plus, me laisser exploiter par de fieffés opportunistes.

Plutôt que de tourner en rond en ce lieu et de finir par trépasser sans doute d'une pneumonie, ce mois de février 1813 étant particulièrement rude, je décidai de quitter cette petite ville et de continuer ma marche. Ouvrant la succincte carte, je posai mon doigt sur la ville de Minsk. Une petite voix souffla au fond de mon oreille qu'il m'y serait offert l'opportunité de vivre de façon plus décente. Renseignement pris auprès du prêtre de l'unique église de Doubrowna, un homme instruit visiblement, je sus qu'il s'agissait d'une grande ville se trouvant à cent-quatre-vingts verstes (198 km). Une longue route finalement ! Je pris mon courage à deux mains et fis en sorte de ne pas me laisser perturber mentalement par mon pied bot.

En chemin, le vent glacial fouettait mon visage et gelait mon corps, seulement protégé par un vieux manteau de laine. Pour stimuler ma volonté, je priais Dieu de me soutenir en récitant le début du psaume 23 de la Bible : « L'Éternel est mon berger, je ne manque de rien. Il me fait reposer dans de verts pâturages. Il me dirige près des eaux paisibles. Il restaure mon âme, Il me conduit dans les sentiers de la justice à cause de son nom ». Or, la nuit venue, je n'eus pas d'autre choix que de dormir dans un bois à l'écart du chemin. Quant à mon tempérament opiniâtre, il m'aida à oublier le froid humide. Comme nul miracle ne se produisait, j'en déduisais que Dieu demeurait sourd à mes suppliques.

Le matin, de bonne heure, je repris la route après avoir mangé le dernier bout de pain et bu un peu d'eau dont la température glaciale vint transir mon corps. Mes prières manquaient-elles de ferveur et se dissolvaient-elles, partant, avant de parvenir à l'oreille du Divin ?

« Mon Dieu, pardonne ma faiblesse et ma foi défaillante. Je t'en supplie, prends pitié d'un pauvre pécheur ». Je répétais cela régulièrement en espérant qu'il finirait par m'entendre et par récompenser mon humble disposition de cœur. J'ouvris aussi la Bible, assis sur le bord du chemin, afin d'y rechercher une petite lumière propre à exacerber ma foi. Alors que je lisais l'Épître de Paul aux Thessaloniciens, l'exhortation « Priez sans cesse ! » se mit à résonner à la manière d'une trompette dans ma tête. J'entrepris une réflexion sur la signification réelle de ce commandement. J'eus le sentiment, soudain, que j'attendais trop de Dieu et que mon oisiveté ne lui plaisait guère. Ne dit-il pas à Adam et Ève : « Vous gagnerez désormais votre pain à la sueur de votre front ? ». Moi, pauvre pécheur, je n'étais qu'un Adam auquel il disait certainement si j'avais pu l'entendre : « À quoi bon ces jérémiades ? Montre de la vaillance et, peut-être alors, j'insufflerai ta vaillance! ».

Dans l'Épître de Paul, je relus l'invitation de Paul : « Il faut prier sans cesse, prier par l'esprit en toute occasion, élever en tout lieu des mains suppliantes ». Des paroles dont je ne saisissais pas, malheureusement, le sens profond. Que n'avais-je auprès de moi un exégète, une personne sainte en mesure de m'éclairer sur la façon juste de prier, sur la bonne disposition de cœur à adopter. Ne devrais-je pas chercher un monastère pour y solliciter la grâce d'une explication ? Cela me fit mesurer l'étendue de mon indigence spirituelle.

Lors des messes à l'église de Smolensk, et avant que j'entreprisse cette marche, j'avais entendu nombre de prêches dans lesquels le prêtre évoquait la nécessité de prier sans jamais expliquer la bonne manière de pratiquer. Savait-il seulement bien prier lui-même ? Avait-il pénétré la quintessence de la prière ? Réflexion faite, il m'apparut qu'en pénétrant le cœur de la prière, on ne se trouve plus dans une simple répétition de paroles propres à emplir simplement notre pensée, une litanie improductive, mais dans l'essence spirituelle même. Dieu me soufflait-il ce que je cherchais, à savoir un meilleur chemin de prière ? Cela semblait n'être encore qu'une petite prise de conscience et nullement une belle compréhension de la prière efficace.

Pendant mes temps de repos dans des abris de fortune, je m'appliquais à ausculter la Bible à la recherche de clés aptes à éveiller mon entendement spirituel. J'espérais inconsciemment que Dieu ferait le pas d'envoyer enfin vers moi un ange instructeur.

Depuis quinze jours, je marchais à mon rythme vers Minsk quand j'aperçus, un jour, en début d'après-midi, un monastère au loin. Pressant le pas, j'arrivai à l'entrée de l'édifice par une grande allée et pénétrai dans la réception où un moine hospitalier me reçut avec affabilité. Après que je l'eusse informé du motif de ma quête, il me considéra avec un léger sourire. « Il me prend pour un original ou pour un vagabond qui n'a plus toute sa tête », pensai-je. D'autant que mes vêtements sales et usés ne donnaient pas une bonne image de ma personne.

- Voici une question intéressante, mais à laquelle on ne peut répondre en quelques mots, finit-il par dire.
- N'y a-t-il pas au sein de votre communauté un moine au fait des Saintes Écritures et qui aurait donc réussi à percer ce secret ? M'enquis-je.
Ma bonne élocution tendait à contrebalancer, heureusement, la laideur de mon apparence.
- Nous sommes tous au fait des Saintes Écritures, mon cher monsieur,
- Pourriez-vous alors me faire la faveur de m'éclairer sur la prière juste ?
- Vous voulez parler de la bonne façon de prier sans doute ?
- Oui, répondis-je laconiquement.
Cette manière de jouer au professeur me contraria, mais je fis en sorte de n'en rien laisser paraître.
- C'est en priant le plus possible que l'on aguerrit son cœur comme en forgeant que l'on devient un meilleur forgeron.

J'eus la certitude que ce moine ne satisferait guère ma petite aspiration. Tandis que je le remerciais pour sa patience et que je m'apprêtais à prendre congé, il lança :

- Il y a un ermite au fond de la forêt de Sikov qui pourrait peut-être vous aider.

- Où se trouve cette forêt de Sikov ?

- C'est à trente-cinq verstes environ d'ici (un peu plus de trente-sept kilomètres). Il vous faut suivre la route de Minsk et bifurquer vers Bélynichi. Avant d'arriver au village de Sikov, vous verrez une forêt … c'est celle-là.

- Comment le reconnaîtrai-je ?

- Il a élu domicile dans une cabane qu'un paysan avait construite au fond d'un petit champ et qu'il lui a permis d'habiter.

- Merci infiniment, mon frère. Je m'y rends de ce pas.

- Attendez-moi ici. Je vais aller vous chercher de quoi vous restaurer, mon brave.

- Vous êtes bien aimable, mais …

- Prenez ça pour un don du Seigneur, mon ami.

Ce bon samaritain sortit de la réception et revint une demi-heure plus tard avec un sac à dos rempli de victuailles et quelques vêtements.

- Voyez si ces habits sont à votre taille.

- Visiblement oui. Merci infiniment, mon frère. Je n'avais en effet plus rien à me mettre sous la dent et mes vêtements sentaient vraiment le rance.

Il rétorqua en souriant et en posant sur mon visage son regard à l'iris gris-bleu :

- Croyez que Dieu pourvoit et il pourvoit, mon ami.

Après avoir quitté ce bon moine, je repensai à sa dernière phrase. C'était comme si Dieu était passé par lui pour me faire savoir que mes prières n'avaient pas été si vaines. « Pardon, mon Dieu, d'avoir douté de ton Amour infini. Je croirai désormais que ta gratification viendra au moment opportun ».

Je suivis la route indiquée par le frère en claudiquant, certes, mais gaillardement. Mon estomac se mit soudain à crier famine et l'hypoglycémie à manquer me faire défaillir. Pourtant, j'avais entraîné mon corps à se satisfaire de peu, de rien même. En ouvrant le sac, je fus heureux d'y trouver du pain, divers fromages, des fruits, du miel et de l'eau. Il avait aussi pris soin d'y glisser un couteau et une petite cuillère, roulés dans un linge. Cette magnifique bonté du Seigneur m'émut tant que, tel un enfant, je me mis à pleurer.

Ayant vaillamment avalé les verstes (ou les kilomètres), j'arrivai un jour et demi plus tard à la lisière de la forêt de Sikov. Je m'y enfonçai et aperçus finalement la cabane de ce fameux ermite au cœur d'une petite clairière tapissée d'une herbe bien verte. L'appréhension de cette entrevue m'induisit à rester un moment à l'écart et assis sur un tronc d'arbre. M'armant enfin de courage, j'approchai de la cabane en pin et frappai discrètement à la porte.

- Entrez ! Lança une voix grave.

J'osai donc tourner la poignée et pousser la porte. Puis j'aperçus au fond de l'unique petite pièce, un homme assis en tailleur, les cheveux noirs frisés comme la laine sur le dos d'un mouton et les yeux clos. Je m'assis à croupetons face à lui et attendis qu'il daigna ouvrir les yeux ; ce qu'il fît assez rapidement.

- Que cherches-tu ? Questionna-t-il *ex abrupto*.
- On m'a dit que tu es un ermite plein de sagesse.
- Qu'attends-tu de moi ?
- Es-tu cet ermite ?
- Ce « on » qui t'a informé t'a précisé où je demeurais non ?
- Oui, en effet.

- Ermite je suis, mais il serait bien vaniteux de ma part de me prétendre sage. Je n'ai de sagesse que celle qui m'est soufflée d'en haut.

- J'entends alors que tu en as beaucoup. Puis-je t'adresser une requête ?

L'homme me donna son accord à l'aide d'un petit geste de la main.

- Pourrais-tu m'expliquer ces paroles de l'Apôtre Paul dans l'Épître aux Thessaloniciens : « Priez sans cesse ».

- N'est-ce pas assez clair ?

- Comment prier sans cesse ? Cela paraît simple effectivement, mais difficile à mettre en pratique de mon point de vue.

L'ermite ferma derechef les yeux et parut entrer en méditation. Était-ce sa manière de me dire qu'il ne souhaitait pas débattre de ce sujet et que la discussion était close ? Je faillis me lever et partir, puis je me ravisai. Il rouvrit soudain ses yeux de la couleur de l'ébène, scruta étrangement mon regard et déclara :

- La prière doit émaner de l'esprit et emplir la pensée à chaque instant. Son efficacité est nulle, dès lors qu'elle n'est qu'une suite de paroles simplement prononcées, de cantiques chantés pour créer une ambiance religieuse. Ce qui sort de la bouche ne vient pas nécessairement du cœur. Les mots empêchent la concentration et la paix de l'esprit. Pour réussir cet exercice, difficile en effet, il convient de demander au Seigneur de nous en inspirer le processus. Évidemment, cela requiert du temps, de l'abnégation et de la patience.

- Merci pour ces précisions. Je constate, en effet, que je ne suis pas au bout de ma peine. Car si le Seigneur refuse de nous en inspirer le processus, nous restons un postulant face à une porte fermée à double tour.

- « Frappe et la porte s'ouvrira », a dit le Seigneur ou, en d'autres termes, fais une demande sincère et tu recevras forcément une réponse ou le salaire de ta supplique.

- Toi qui est un érudit ...
- Un chercheur, un simple chercheur, coupa l'ermite.
- Oui, bien. Combien de temps as-tu mis pour parvenir à prier ainsi ?
- Je ne saurais dire. Cet isolement m'a permis de trouver la paix intérieure et de suivre la voie de mon destin. Je ne me suis pas focalisé sur la prière comme tu le fais.
- Dois-je devenir un ermite et ne pas chercher à tout prix à prier ?
- Suis la voie que ton cœur te soufflera, car en elle sera le destin que Dieu a tracé pour ton âme.
- Je vais suivre tes conseils. Puis-je connaître ton nom ?
- L'ermite Piotr. C'est ainsi que les gens me nomment dans le bourg au-delà de cette forêt. Et toi, le tien ?
- Mon prénom est Lyov. Tiens ! Ermite Piotr, j'ai du pain, du fromage et des fruits qu'un moine m'a offert. Partageons-en une part si tu veux bien.
- Non merci, Lyov. J'ai tout ce qu'il me faut ici. Des âmes charitables m'apportent régulièrement le nécessaire. Garde ce que tu as reçu, tu en auras besoin. Je vais plutôt te préparer quelque chose de chaud.

Il se mit debout et je l'imitai. Nous sortîmes de la cabane et je le regardai mettre du bois dans un foyer aménagé avec de grosses pierres, en grès probablement, puis allumer un bon feu sur la braise duquel, ensuite, il fit cuire deux cuisses de poulet. Nous mangeâmes celles-ci avec du pain dans la cabane, assis sur un petit coussin. Je me délectai de ce mets simple, mais chaud, vu que je n'en avais plus eu l'opportunité depuis mon bref séjour à Doubrowna. Il m'offrit aussi du fromage de chèvre et un verre de thé.

- C'était délicieux, merci Piotr. Tu ne manques de rien à ce que je vois.

- Dieu pourvoit chaque jour et je l'en remercie humblement.

- Bien, je vais te laisser maintenant et continuer mon chemin.

- Vers où comptes-tu aller ?

- Minsk. Peut-être y trouverai-je un emploi et m'y établirai-je. Mais je continuerai évidemment à prier en suivant ton conseil.

Les yeux fermés, il resta un moment silencieux. Puis il déclara tout à coup :

- J'entends, Lyov, que ta marche ne s'arrêtera pas à Minsk.

- Ah ? Et vers où te souffle-t-on qu'elle continuera ?

- Il me vient la vision d'une grande église avec un très haut clocher au sein d'une belle lumière blanche.

- Vais-je entrer en religion ? Je n'y suis pas prêt, vois-tu !

- Ce ne sera pas le cas, selon moi. Je pense que ton destin est particulier cependant.

- Peux-tu m'en dire plus ?

- Non. Aie confiance que le Seigneur te regarde.

- Merci Piotr. Tu es vraiment un homme plein de sagesse.

Il nia naturellement ce statut et je le quittai avec un petit pincement au cœur. Cet ermite affable venait d'insuffler mon cœur d'une douce espérance, à savoir que Dieu me poussait apparemment vers mon destin. Peu après la sortie de la forêt, je vis une rivière dans laquelle je fis un peu de toilette, en serrant les dents à cause de l'eau glacée, puis j'enfilai les habits propres donnés par le gentil moine et qui s'avéraient un peu trop amples finalement. Certes, mon manteau de laine aurait nécessité un bon lavage à l'eau bouillante. Sur la route vers Minsk, j'entrepris d'analyser la vision de Piotr et, ainsi, d'essayer de percer la signification de la grande église. Sans doute le très haut clocher symbolisait-il la nécessité de prier plus intensément, afin de parvenir à recevoir un peu de l'inspiration divine. Une chose qui m'apparaissait toutefois bien hypothétique, vu mon incapacité à prier efficacement. Néophyte en la matière j'étais et, peut-être, néophyte je resterai.

Pendant mes pauses, j'auscultais les Évangiles à la recherche d'une lumière. Or les paraboles du Christ me semblaient absconses et sa Parole ne m'aidait pas à mieux prier ; quoique j'éprouvais beaucoup de bonheur à me remplir de cet amour auquel il enjoignait en permanence. Il aurait été prétentieux de ma part cependant de prétendre bénéficier de cet Esprit-Saint dont il gratifia ses disciples après sa résurrection. Je n'étais qu'un pauvre hère en quête d'une croissance spirituelle pour simplement ne pas mourir, un jour, comme un piètre pécheur. Je ne recherchais guère l'apothéose ou une sorte de sublime béatitude.

J'aspirais à recevoir une once de lumière, une aide dans ma pratique quotidienne de la prière. Une quête qui me tourmentait tellement que j'en perdais le sommeil. Ayant effectué trois semaines de marche, je subodorai que je n'étais plus très loin de Minsk.

Fatigué par l'obligation de lutter contre le froid, je fis le pas d'entrer dans une auberge du village de Vohr en début de soirée pour y requérir la faveur d'un repas chaud contre un travail de plonge ou autre. Le tenancier me rétorqua :
- J'ai assez avec ma femme et une employée. Il y a bien du bois à couper cependant.
- Malheureusement, un handicap à mon bras gauche m'empêche de lever la hache.
Me toisant un instant de son regard sombre abrité derrière d'épais sourcils, il lança finalement :
- Vous m'avez l'air mal en point, mon brave. Allez, je vous offre une nuit dans une petite pièce derrière et une soupe chaude.

Je le remerciai pour sa grande générosité et pris place à la table qu'il m'indiquait. Tout en mangeant ma soupe et du bon pain frais, je tournai ma pensée vers le Seigneur. Je lui étais reconnaissant de m'avoir ouvert la porte de cette auberge et donné l'opportunité d'un gîte et d'un couvert.

Cette bonne nuit de sommeil dans une sorte de débarras, mais à l'abri de la rudesse du gel, me permit de retrouver un peu de forme. Au petit-déjeuner, composé d'un grand bol de thé et de pain à la goûteuse mie épaisse, l'aubergiste me demanda :

- Pourquoi t'éreintes-tu ainsi sur les routes sous la neige et avec un pied bot en plus ?

Ne souhaitant pas ergoter avec lui sur une chose qu'il n'aurait sûrement pas comprise, je répondis :

- Je me plie à la volonté du Seigneur.

- Tu n'as pas l'air d'un religieux, mais plutôt d'un manant, répliqua le tenancier avec un sourire ironique et un regard malicieux.

- L'apparence extérieure est trompeuse souvent. Le Seigneur, lui, n'en a que faire.

- Tu causes bien en tout cas. Que faisais-tu avant de te mettre au service du … Seigneur ?

- Ma vie passée est morte. Seule ma vie présente est importante à mes yeux.

- Si je comprends bien, il faut tout abandonner et suivre Dieu pour vivre vraiment.

- En suivant l'inclination de notre cœur, on va forcément vers ce destin que Dieu a tracé pour notre âme.

- Ah ça, tu causes vraiment comme un religieux et avec sagesse ma foi ! Écoute, il y a un monastère près de Jodz, c'est à douze verstes d'ici (environ 13 km). Tu auras certainement beaucoup de plaisir à discuter avec l'abbé Andrei, car il est plein de science religieuse.

- Comment sais-tu que cet abbé Andrei est un érudit ?

- Un quoi ?

- Un homme instruit si tu préfères.

- Parce que j'y vais de temps en temps pour qu'il me bénisse. Tu vois, je suis pas aussi athée que j'en ai l'air.

- Sache que je ne te juge pas. « Ne jugez pas si vous ne vous voulez pas être jugés. Car vous serez jugés comme vous jugez ... » a déclaré en substance Jésus-Christ.

Sur ces paroles moralistes, je pris mon sac et quittai promptement cet individu trop critique à mon goût. À l'extérieur, je demandai à Dieu de bénir cet homme qui avait, malgré tout, fait preuve de charité à mon égard et au moment où mon corps défaillait. Je m'abstins de l'étiqueter, ne voulant pas me retrouver dans la situation de l'arroseur arrosé.

Je décidai d'aller rencontrer ce fameux abbé dont les conseils me seraient sûrement utiles. M'étant renseigné en chemin, j'aboutis au monastère de Jodz ; ce qui ne m'avait contraint qu'à un crochet de deux verstes (un peu plus de 2 km). Le moine qui me reçut me considéra avec des yeux étonnés quand je lui déclarai sans ambages :

- Je souhaiterais avoir un entretien avec l'abbé Andrei.

- L'abbé Andrei est très occupé. Il ne reçoit pas ainsi sans rendez-vous. Et puis, qui êtes-vous pour exiger quasiment que l'abbé vous reçoive ?

- Je n'ai rien exigé, mon frère. C'était une simple requête.

- Par qui avez-vous entendu dire que l'abbé Andrei est un saint ?

- Je n'ai pas entendu dire qu'il est saint, mais qu'il possède de l'érudition ... une grande instruction religieuse si vous préférez.

- Vous ne souhaitez pas dire qui vous a conseillé de rencontrer notre supérieur et pour quel motif ?

- Ah si bien sûr ! À l'auberge du village de Vohr à douze verstes d'ici, l'aubergiste m'a invité, au cours d'une petite discussion, à parler de mon questionnement avec l'abbé Andrei.

« Pardon pour ce petit mensonge, Seigneur », pensai-je.

- À propos de quel questionnement ?

- Je le confierai seulement à l'Abbé si vous permettez.

- Si vous arrivez à le voir, mon ami. Cet aubergiste s'appelait Roman, n'est-ce pas ?

- Il ne m'a pas communiqué son prénom, ni moi le mien.

- Je connais cet aubergiste, voyez-vous. Il s'appelle Roman et c'est un ancien moine qui a décidé un jour de quitter notre communauté pour vivre une autre vie avec la femme qu'il avait rencontrée quelque temps auparavant.

Cette révélation me fit réaliser que ce Roman ne s'était pas trouvé sur mon chemin par hasard et que j'étais allé vers lui comme induit par un ange. Que me réservait-on encore ? Cette perspective tendait à enthousiasmer mon cœur.

- Je comprends mieux maintenant certaines de ses paroles, dis-je.

- Excusez mon indiscrétion. De quelles paroles s'agit-il.

- Elles resteront entre lui et moi, voyez-vous..

- Comme il vous plaira. Concernant votre questionnement, si vous refusez de m'en dire plus … je doute de pouvoir vous obtenir un rendez-vous avec l'Abbé.

- Entendu. Voici donc ! Mon cœur est dans le chagrin à cause de l'impossibilité de bénéficier de la grâce de l'Esprit-Saint, et ce, malgré mes nombreuses prières.

Je vis soudain de la compassion dans le regard vert clair du moine. Avait-il pitié de ma disgrâce ? Jugeait-il plutôt que je poursuivais une quête insensée ? Car un profane ne saurait convoiter ce qui n'est dévolu qu'à un religieux via une sainte consécration.

- Bon, attendez-moi là. Je vais aller parler à l'Abbé Andrei … je ferai en sorte de trouver les mots pour qu'il consente à vous accorder une entrevue.

- Merci infiniment pour votre aide, dis-je.

Pendant que celui-ci était parti plaider ma cause, je louai le Seigneur pour son soutien ; car tout ce qui m'arrivait, depuis Doubrowna, n'aurait pu avoir lieu s'il se désintéressait totalement de mon sort. D'ailleurs, il semblait qu'un ange avait soufflé tout à coup à l'oreille de ce moine d'aller convaincre son supérieur de m'ouvrir sa porte.

-3-

Le moine me conduisit vers le bureau de l'Abbé Andrei qui me reçut aussitôt. Cet homme au crâne dégarni et au regard d'un beau bleu limpide me fit d'emblée une belle impression. Il m'invita à prendre place face à lui, puis il scruta mon visage. J'eus alors le sentiment qu'il essayait de deviner l'homme vrai derrière mon apparence de miséreux.

- Dois-je vous appeler monsieur l'Abbé ou mon père ? M'enquis-je.
- Frère Andrei … simplement frère Andrei, répondit-il.

Sa voix grave et chaleureuse suscita mon envie de sympathiser avec lui, de l'écouter parler.

- Et moi, comment dois-je vous appeler ?
- Lyov.
- Lyov ?
- Oui, c'est ça.
- Donc, Lyov, pourquoi avez-vous insisté pour me voir ? Vous pourrez remercier frère Igor d'avoir su trouver les mots.
- Je n'y manquerai pas, frère Andrei.
- Alors, pourquoi avoir voulu me voir ?
- Eh bien, en lisant l'Épître de Paul aux Thessaloniciens, j'ai été interpellé par son appel à prier sans cesse. Comment peut-on prier sans cesse et, surtout, comment réussir cette prouesse sans souffrir d'un terrible mal de tête ? Accepteriez-vous de m'éclairer, frère Andrei ?
- Tout d'abord, dites-moi qui vous a parlé de moi et en quels termes ?
- Tandis que nous échangions sur des sujets religieux et de mon questionnement, l'aubergiste de Vohr, à une douzaine de verstes d'ici, m'a conseillé de venir vers vous.
- Ah, Roman !

- Oui, frère Igor m'a dit qu'il fût moine ici durant une période.

- En effet. Il n'a pas fait cela fortuitement toutefois.

- C'est exact. Un ange lui a sans doute soufflé à l'oreille de m'envoyer vers vous.

N'ayant rien confié à cet aubergiste, cela ne pouvait être que l'œuvre du Seigneur, pensai-je. À moins que cet ancien moine eût l'aptitude de lire dans les cœurs. Pourtant, en l'entendant s'exprimer, il m'était apparu très ordinaire et peu instruit.

- Admettons, rétorqua l'Abbé. Voici mon explication concernant votre interrogation spirituelle : « La prière perpétuelle évoquée par Paul est une prière du cœur qu'il faut répéter sans cesse pour parvenir à être en communion avec la Lumière du Seigneur ».

- Avec quelles paroles la faire ? Faut-il la réciter simplement ou la chanter ?

L'Abbé Andrei se leva de son siège et alla choisir, parmi les livres de sa bibliothèque, un livret qu'il me tendit en disant : « Voici Lyov un petit livre intitulé "L'instruction spirituelle de l'homme intérieur" écrit par Saint Dimitri qui fut un martyre chrétien du quatrième siècle ». Il l'ouvrit ensuite et m'indiqua un passage censé répondre à mon problème.

- Lisez donc cet extrait que je viens de vous montrer, ajouta-t-il.

Je lus donc celui-ci à voix haute :

« Ces paroles de l'Apôtre « Il faut prier sans cesse » ont trait à la prière faite par l'intelligence. En effet, c'est par l'intelligence que l'on arrive à prier sans cesse et à faire monter la prière jusqu'à Dieu ».

Cette brève explication de ce Saint Dimitri ne m'édifia guère. En m'abstenant de le critiquer, je doutais quand même de son inspiration.

- Expliquez-moi, je vous prie, la manière de prier via l'intelligence, dis-je. Car je ne saisis pas comment on peut entrer en communion avec Dieu à travers elle.

- Oui, bien sûr. Cette chose s'avère difficile si Dieu ne décide pas de passer par elle.

- Dois-je entendre que Dieu procède à une sélection entre ceux à qui il ouvre la porte de l'accès aux arcanes spirituelles et ceux qu'il laisse dans leurs petites ténèbres ?

- Certes, il faut du temps, beaucoup de temps, pour réussir à bénéficier de la grâce de Dieu. Il faut aussi en avoir le destin et, en somme, la sainteté.

Comme je le remerciai de m'avoir accordé cette courte entrevue, il m'offrit le gîte et le couvert pour la durée que je déciderai. Frère Igor fut donc chargé de m'installer dans une chambre et de me préparer un bon bain où je pourrai décrasser mon corps. L'eau chaude me relaxa tant que je m'endormis. Allongé sur le lit, je repensai ensuite au propos d'Andrei qui m'enfonçait plus encore dans l'incompréhension. Je trouvais très décourageant, de surcroît, qu'il faille avoir une âme sainte pour prier convenablement et être, en quelque sorte, un élu de Dieu. Le Seigneur n'a-t-il pas déclaré : « Frappez et la porte s'ouvrira ? ». Quant à la déclaration de Saint Dimitri, elle m'apparaissait absurde ; vu que l'intellect n'était point, selon moi, le canal pour une prière efficace.

-4-

Je ne demeurai finalement que deux nuits dans ce monastère, ne voulant pas y être regardé par les moines sous le jour d'un pauvre vagabond que l'on héberge pour ne pas déplaire au Seigneur. Mon vieux manteau lavé et séché devant un feu de cheminée, je me sentais moins misérable en reprenant ma marche vers Minsk. Le cœur triste et frustré, je pensai : « Pourquoi Dieu m'a-t-il conduit vers ce lieu et cet Abbé ? Qu'a-t-il cherché à me faire comprendre ? ».

Pour consoler ma peine, je sondais l'Évangile de Jean avec l'espoir d'y découvrir enfin une lumière, tel un assoiffé en plein milieu du désert aspirant à voir émerger une oasis de dessous le sable.

Ayant dormi à l'abri d'un arbre et mangé le reste de pain au fond de mon sac, j'arrivai enfin à Minsk. Sur une place de cette ville, trop grande pour le petit paysan que j'étais, je réfléchissais à ce que j'allais bien pouvoir y faire comme travail. Il convenait que je me nourrisse et que je dormisse à l'abri du gel pour survivre. En me lançant dans cette aventure, je ne m'étais pas demandé si je résisterais à des températures de sept à huit degrés en dessous de zéro. Je m'étonnais donc d'y être parvenu jusqu'à maintenant. Certes, j'aspirais à un peu de chaleur et à prendre un repas chaud.

Tandis que je méditais, les yeux clos, j'entendis près de mon oreille :
- Ça va mon frère ? Tu parais faible. Serais-tu malade ?
- Non, pas encore. Mais ...
- Je parie que tu n'as rien mangé depuis plusieurs jours.
- À quoi vois-tu ça ?

- À ta mine défaite, mon frère. Écoute, je vis dans une communauté à un quart d'heure d'ici. Je t'y conduis, si tu veux. Tu pourras y retrouver un peu de force.

Le regard très bleu de ce vieillard aux épaules légèrement voûtées reflétait une grande bonté. Aussi me levai-je et acceptai-je de le suivre. En chemin, je le questionnai :

- Quel genre de communauté est-ce ?

- Nous sommes un groupe de religieux qui avons décidé de partager une existence anachorétique tout en faisant le bien autour de nous : réconfort aux malades, assistance spirituelle des pécheurs, etc.

- Voici pourquoi tu es venu vers moi. Tu as vu là une âme pécheresse à sauver, plaisantai-je.

- J'ai vu surtout un homme fatigué et très amaigri.

- Il est vrai que je mange peu et que dormir dans le froid épuise à force.

- Tu me raconteras pourquoi tu t'es retrouvé ainsi à errer par des températures glaciales.

Ce religieux s'exprimait avec calme et avec de l'entregent. Ayant été déçu par l'Abbé Andrei, une personne pourtant très avenante, j'attendais de voir le réel état d'esprit de cet homme. Je sus qu'il se nommait frère Isaak.

- Nous voici arrivés, lança-t-il.

La façade du bâtiment, en rien délabrée, et la porte d'entrée fabriquée dans un joli bois verni m'indiquèrent que cette communauté n'avait pas l'air de vivre dans la pauvreté. À l'inscription « Soldats du Christ », gravée au-dessus de celle-ci, je déduisis qu'il s'agissait de fidèles serviteurs du Seigneur. Les autres religieux de cette sorte de monastère me reçurent, en outre, avec beaucoup de chaleur. Je remerciai Dieu en moi-même de m'avoir amené là et sauvé du découragement, voire d'une probable maladie.

- Notre ami a besoin de se restaurer, déclara le frère Isaak.

Était-il le chef de cette congrégation ? Un autre religieux s'empressa de me guider vers la salle à manger où je fus servi comme un prince. Après ce repas où rien n'avait manqué, je déclarai :

- Je n'ai jamais aussi bien mangé de ma vie. Ce fut une belle découverte pour mon estomac et mes papilles.

Le frère qui avait préparé et celui qui m'avait servi avec amour cette bonne nourriture répondirent par un grand sourire. Une simplicité et une discrétion qui comblèrent mon cœur. Quand frère Isaak arriva dans la pièce, ils se retirèrent. S'attablant face à moi, celui-ci s'enquit :

- As-tu bien déjeuné, mon frère ?
- J'aurais été bien difficile. Vous semblez être vraiment des soldats de l'Amour.
- Nous essayons.
- Puis-je me permettre une indiscrétion ?
- Je t'en prie.
- Il faut des revenus pour entretenir un tel bâtiment et faire vivre la communauté.
- Nous bénéficions du soutien financier de personnes fortunées et généreuses. Deux frères ont un don de guérisseur qu'ils ne monnaient pas, mais que ceux et celles qu'ils soignent payent selon leurs moyens. Nous apportons aussi un soutien spirituel. Ainsi nous pouvons, grâce à Dieu, aider de notre côté des nécessiteux.
- Comme moi.
- Nous faisons cela avec un réel bonheur et en remerciant le Seigneur de nous permettre d'être utile à nos semblables dans le besoin.
- Ce sont là les paroles les plus merveilleuses qu'il m'a jamais été donné d'entendre. Le Saint-Esprit s'est vraiment fait une demeure de vos cœurs.

- Il serait prétentieux de notre part de croire cela. Nous faisons en sorte seulement de mettre en pratique cet Amour que le Christ nous inspire.

Mon être s'extasiait face à cette foi si réconfortante et sublime.

- Combien de frères êtes-vous ici ?

- Dix-huit. Et vous rencontrerez, si vous restez un peu de temps avec nous, des personnes que nous soignons, nourrissons et logeons. Ceux-ci repartent ensuite en meilleur état et le cœur empli d'une plus grande foi en Dieu … tout au moins, nous l'espérons.

- À ce sujet, j'aurais une requête à faire.

- Laquelle ? Quel est votre prénom, je vous prie ?

- Lyov.

- Qu'en est-il de cette requête, Lyov ?

- C'est au sujet d'un questionnement que je n'arrive pas à élucider.

- Je ne suis qu'un humble contemplateur du Seigneur Jésus-Christ, mais je ferai tout mon possible pour vous éclairer.

- Voici ! Il y a quelque temps, j'ai lu dans l'Épître de Paul aux Thessaloniciens : « Priez sans cesse ». Ne voyant pas comment réussir à accomplir cette prouesse, j'ai cherché un éclairage dans les dires des prophètes ainsi que dans les Évangiles. Certes, j'y ai trouvé le commandement de Dieu sur la nécessité de prier en toute occasion, pendant le travail même. Cela ne m'indiquait pas toutefois la méthode permettant d'effectuer efficacement cette prière perpétuelle. Pareille incompréhension me persécuta tant que j'en perdis le sommeil. Aucun prêtre, dans les offices auxquels j'ai participé, n'a jamais enseigné aux paroissiens la bonne manière de prier. J'ai toujours eu l'impression que les ecclésiastiques traitent ces derniers comme de vils pécheurs qu'il leur faut remettre sur le droit chemin. Or je ne suis pas un mouton de Panurge et je ne dirai jamais simplement "Amen". C'est pourquoi, mon frère, mon cœur souffre d'un grand tourment. Dieu m'appelle-t-il à quelque chose et à m'efforcer de saisir ce à quoi il m'appelle ?

- Me permets-tu de te tutoyer ? s'enquit-il.

- Oui, bien sûr.

- Merci, tu en feras de même. À propos de ta demande, remercie le Seigneur de ce qu'il a réveillé en ton cœur une attirance pour la prière perpétuelle. Reconnais en elle son appel. Puisse cela apaiser ton inquiétude et ouvrir en toi, au contraire, une belle espérance. Oui, je te confirme, mon frère, que ce ne sont pas la sagesse humaine ni un vain désir de connaissances qui conduisent vers la Lumière Christique. Les enseignements de certains gourous sont une spéculation et, en définitive, une tromperie servant un objectif financier et non spirituel. Une belle disposition du cœur, c'est-à-dire une profonde humilité et une sincère abnégation, mènent vers cette Lumière que j'ai évoquée tout à l'heure.

Il marqua une pause durant laquelle il parut méditer, les yeux clos. Je l'imitai pour réfléchir à ce qu'il venait de me dire … tout au moins aux paroles encore présentes dans ma mémoire. Soudain, il reprit de sa voix calme au doux timbre :

- Il n'est pas étonnant que tu n'aies rien entendu de précis sur la façon d'accomplir une prière efficiente et que tu n'en sois pas arrivé à une compréhension de celle-ci. Comme tu l'as précisé, les ecclésiastiques prêchent beaucoup sur la prière et nombre d'ouvrages se veulent une référence en la matière ; or ces auteurs s'en tiennent à une spéculation intellectuelle, leur enseignement s'appuie sur des techniques qu'ils n'ont pas ou peu, bien souvent, expérimentées. De surcroît, ils parlent surtout des attributs de la prière et non de son essence. Certains en expliquent la nécessité, d'autres évoquent ses effets bienfaisants et, d'autres encore, les conditions indispensables pour son efficacité, à savoir le zèle, la concentration, la respiration, la position du corps, le vide mental, le lâcher-prise, etc. Il y a du vrai là-dedans, mais ce n'est pas ce qui va conduire le postulant vers la Lumière Christique.

Après une nouvelle interruption, ponctuée par un nouveau temps de silence, il ajouta :

- Qu'est-ce que la prière et comment fait-on pour prier puissamment ? Voici des questions auxquelles les prédicateurs de toute sorte ne donnent jamais une réponse claire. Car prier est plus compliqué qu'il n'y paraît. Nul enseignement n'en explique l'excellente méthode. Naturellement, il convient de cultiver une sainte disposition de cœur et de ne pas faire que tes actes au quotidien soient en contradiction avec ton moi spirituel. Pour paraphraser le Seigneur, je dirai que ce qui vient du cœur vaut beaucoup plus que ce qui sort de la bouche. L'apôtre Paul place la prière au-dessus de tout lorsqu'il déclare : « Je vous conjure avant tout de prier ». Les prélats appellent les fidèles à faire de bonnes œuvres. Pourtant, c'est l'essence de la prière qui a la suprématie sur les actes. Elle est plus importante qu'on ne pense et si l'humanité prenait conscience de cette importance, elle prierait et demanderait ainsi pardon à Dieu. Pour répondre à ton questionnement, Lyov, sache que sans une prière continue on ne peut ouvrir véritablement son cœur ni s'unir à la Lumière du Christ. Parce que la perfection de la prière ne dépend pas de nous, Paul a déclaré : « Nous ne savons pas ce qu'il faut demander ». Certes, une sainte prière demeure un mystère pour beaucoup de chercheurs spirituels.

J'avais écouté attentivement ce long exposé de frère Isaak qui m'était apparu plutôt abstrait parfois. Aspirant à bénéficier, encore un moment, de la sagesse de cet aimable vieillard, je m'empressai de le questionner et, puisqu'il me l'avait permis, en emboîtant le pas de son tutoiement :

- Frère vénérable, merci pour cette belle explication sur la vérité de la prière. Accepterais-tu maintenant de m'enseigner la prière perpétuelle, c'est-à-dire comment la formuler ? Nul doute que tu en maîtrises la pratique.

Ses yeux bleus d'une intense vivacité fixèrent longuement les miens. Essayait-il de percer l'état de mon cœur ? Je sentis alors la rougeur envahir mon visage et une petite moiteur mouiller légèrement mon front. Subodorant sans doute qu'une partie de son discours ne m'avait point convaincu, il m'informa de sa voix à l'intonation très reposante :

- Je vais t'instruire à partir d'un petit livre qui te permettra de mieux comprendre ce qu'est la prière … avec l'aide de Dieu évidemment.

- Comment s'intitule-t-il ? Demandais-je.

- La Philocalie.

Il l'ouvrit, en tourna quelques pages et pointa de son index un paragraphe qu'il m'invita à lire à haute voix.

« La prière intérieure et constante consiste en l'invocation ininterrompue du nom de Jésus par les lèvres, l'intelligence et le cœur avec le sentiment que celui-ci est présent en tout lieu et à chaque instant. Il convient de l'exprimer ainsi : *"Seigneur Jésus-Christ, aie pitié de moi !"*. Par l'habitude et la constance, cette supplication produit du réconfort et le désir de la répéter sans cesse. À force, le prieur ne peut plus exister sans elle. Aussi voyage-t-elle naturellement de son cœur vers sa pensée et réciproquement ».

Ma lecture finie, Isaak s'enquit :

- Comprends-tu à présent la signification de la prière perpétuelle ?

- Oui, c'est maintenant clair pour moi. Peux-tu encore m'expliquer, frère très saint, comment une petite âme comme la mienne peut accomplir cette prouesse ?

- De la façon dont les Pères l'exposent dans cet opuscule et si parfait qu'il est considéré comme le guide essentiel de la vie contemplative. Il conduit vers le salut aussi sûrement que deux et deux font quatre.

- Est-il donc plus important que la sainte Bible ? Questionnai-je.

- Il n'est ni plus important, ni plus saint que la Bible, mon frère. Il contient néanmoins les explications lumineuses de tout ce qui reste mystérieux dans la Bible en raison de la faiblesse de notre entendement qui ne parvient pas à en pénétrer, de fait, la quintessence. Écoute cette image : le soleil est un astre plein de majesté et étincelant qu'on ne peut regarder à l'œil nu. Pour supporter ses rayons aveuglants, nous devons utiliser un verre filtrant. Eh bien, vois-tu, la Parole de Jésus-Christ est ce soleil resplendissant et la Philocalie ce verre filtrant. Je vais te lire maintenant comment t'exercer à la prière intérieure perpétuelle.

Cet homme que je décidais en moi-même de nommer le saint starets − vu qu'il semblait avoir la grâce du Saint-Esprit et que je le voyais désormais comme mon guide sur la voie de ma perfection − tourna encore quelques pages de la Philocalie et récita :

« Demeure assis dans le silence, incline la tête, ferme les yeux, apaise ta respiration, plonge au fond de ton cœur, libère ta pensée, puis prononce sur le rythme lent de ton inspiration et de ton expiration : « *Seigneur Jésus-Christ, aie pitié de moi* ! ». Cela doit transiter de la bouche vers la pensée, puis vers le cœur et, enfin, devenir un avec le souffle. Il faut être patient surtout. Par une pratique constante et sérieuse, on sent peu à peu une union entre cette prière et notre être intérieur.

Le starets Isaak me cita d'autres exemples et nous lûmes les paroles des Pères de la foi dans la Philocalie. Il m'expliquait ces textes à sa façon. Tout en écoutant attentivement, et avec admiration, ce vieil homme très sage, je m'efforçais de mémoriser la substance qu'il me délivrait.

- Je vais te conduire dans une cellule où tu pourras méditer tout ce que j'ai tenté de te faire entendre.

Au petit matin, le starets vint frapper à la porte de cette cellule, qu'il m'avait octroyée, pour me conduire à la chapelle, créée par les frères de la communauté, et me permettre d'assister aux matines. Bien que je n'avais guère beaucoup dormi, vu que celles-ci avaient lieu au lever du jour, je fis en sorte d'avoir l'air éveillé.

Après l'office, il me dit :
- Nous nous reverrons, Lyov, car il est vain de chercher à réussir une telle œuvre spirituelle sans un guide ... tout au moins au début.

-5-

Dans mon petit espace, insufflé d'un zèle ardent, je m'exerçais scrupuleusement à la pratique de la prière comme spécifié par le starets Isaak qui s'avérait être un excellent instructeur. Fort de son statut de doyen et de son charisme, tous les frères de la communauté le considéraient comme leur supérieur.

Chaque jour, je suppliais Dieu de m'aider à trouver le chemin de sa Lumière. Car j'estimais nécessaire de devenir spirituellement autonome et, partant, de ne pas me rendre trop dépendant d'Isaak. Dans le jardin de deux mille mètres carrés à l'arrière du bâtiment, j'aimais parcourir lentement les allées tout en respirant les exquises odeurs de la nature et en priant avec le plus de ferveur possible. Le jour de mon arrivée devant la porte d'entrée de cet édifice, je ne m'étais pas douté que l'intérieur s'étendait sur un espace aussi vaste.

Dix jours plus tard, jugeant que j'avais assez profité de la bonté de ces admirables frères, je pris la décision de m'en aller. Je n'aurai plus le courage, sinon, d'affronter à nouveau le froid, le vent, la pluie et, en final, l'adversité. Mais, par bonheur, Isaak m'avait débarrassé de mon manteau de laine et procuré un manteau en peau. Avant de partir, je lui demandai :
- Connaîtrais-tu quelqu'un qui cherche un employé pour des tâches basiques ?
- Tu veux donc vraiment nous quitter.
- Mon moi intime me souffle que je dois marcher vers mon destin.
- Suis cet appel de ton cœur alors. Concernant un travail, va à Wotsy qui se trouve à trois verstes (trois kilomètres et demi)

à l'ouest de Minsk où un paysan du nom de Boris te donnera sûrement quelque chose à faire si tu te recommandes de moi.

Tout en me donnant une carte de la province, il me montra le chemin menant vers Wotsy.

Ce fut le cœur gros que je me séparai de ces moines. Le starets m'avait engagé à revenir vers lui au besoin, une perspective qui me réconfortait.

À Wotsy, je n'eus pas de mal à trouver Boris grâce aux indications d'un habitant du bourg. Naturellement, tous les gens se connaissaient au sein d'un si petit village.

- Je viens de la part d'Isaak, le religieux de ...
- Oui, oui, je le connais très bien. Quel saint homme ! Pourquoi t'envoie-t-il vers moi ?
- Comme je cherche un petit emploi, il m'a conseillé d'aller te voir.
- Que sais-tu faire ?
- Des travaux agricoles ... mais pas trop durs, car j'ai un petit handicap au bras gauche qui m'empêche de porter des poids.
- Mm, je vois. Bien, tu m'aideras aux champs et pour traire les vaches pour deux roubles par semaine. Ça t'ira ?
- Oui, bien sûr. Merci de ta gentille aide.

Il m'affecta un coin au fond de la grange avec des couvertures où je pourrai dormir à l'abri et me consacrer à ma pratique spirituelle durant mes temps de repos. Pendant mon séjour au sein de la communauté, j'avais oublié la rudesse de nuits à la belle étoile et sous le gel.

N'ayant que trois verstes (un peu plus de 3km) à parcourir, et malgré mon pied bot, je m'empressai de rendre visite au starets une semaine plus tard en fin d'après-midi. Si Boris était un homme bon et peu exigeant, je m'efforçais de donner le meilleur de moi-même pour qu'il ne regrettât pas son geste fraternel.

Isaak me reçut avec son affabilité coutumière.

- Boris t'a-t-il trouvé une tâche à faire ?

- Oui, sans hésiter et grâce à toi. Que Dieu te bénisse, vénérable frère.

Nous n'eûmes, ce jour-là, qu'une discussion banale. Désirait-il que je fisse mon chemin, de façon autonome, avant de tenter d'établir un premier bilan sur ma pratique de la prière ? Ainsi, de retour dans la ferme de Boris, je m'exerçai à réciter la prière perpétuelle du lever au coucher. Au début, cela me procura du plaisir ; puis, au bout d'une semaine, je me mis à éprouver un étrange sentiment d'ennui, de lassitude, le désir soudain de tout abandonner, voire de me laisser dépérir. Dès que j'en eus l'opportunité, je pris la direction de la communauté en vue d'exposer au starets cet état mental dans lequel je me trouvais … comme si une chape de plomb m'était tombée sur la tête. Il m'accorda de son temps si précieux avec une patience d'ange et une grande accortise. « Une âme sainte et dévouée à l'Amour habite le corps de cet homme », pensai-je.

- Mon frère bien-aimé, le prince des ténèbres a perçu la vulnérabilité de ton cœur. Aussi se plaît-il à l'exacerber pour t'amener à renoncer à cette œuvre sainte que tu t'étais fait un devoir de réussir. Naturellement, il cherche sans cesse à détourner les incrédules et les faibles de la Lumière du Seigneur. Partant, il s'escrime à susciter en toi du dégoût pour la sainte prière. Sache, néanmoins, qu'il ne le pourrait si Dieu ne le lui permettait, et ce, afin de t'éprouver.

- Si Dieu m'abandonne, je serai assurément vaincu par ce suppôt du Mal, arguai-je.

- Ton humilité doit encore être mise à l'épreuve. Tu ne saurais, dans cet état, t'exercer à devenir un zélé prieur. Tu risquerais, en effet, d'être le jouet d'une sorte de vanité spirituelle.

Écoute ce que les Pères ont écrit dans la Philocalie. Il ouvrit le livre et tourna les pages jusqu'à ce paragraphe dont il me lut le contenu :

« Si malgré tes efforts, mon frère, tu ne parviens pas à prier en ton cœur comme nous te l'avons indiqué, tourne-toi vers Dieu en laissant ton esprit le plus possible ouvert. Aie foi et il t'inspirera la voie juste ».

Ou encore ceci :

« La raison fait obstacle à l'esprit. Empêche-la d'accaparer ta pensée en répétant à chaque instant : "*Seigneur Jésus-Christ, aie pitié de moi !*". En associant cette requête à ta respiration, ainsi que nous te l'avons déjà recommandé, tu rempliras ta pensée et, à la longue, une porte s'ouvrira, puis ton cœur ne voudra plus se passer de cette sainte nourriture. Il ne s'agit pas ici de ton cœur physique, bien évidemment, mais de ton cœur spirituel ».

- J'espère que tu puiseras, dans cet enseignement des Pères, matière à faire progresser ton œuvre spirituelle, déclara le starets. Tout cela est prouvé par l'expérience et une pratique assidue.

Il me fit don d'un rosaire en me recommandant de réciter, d'abord, trois mille oraisons par jour. Ainsi il m'enjoignit à répéter en travaillant et pendant mes temps de repos : « *Seigneur Jésus-Christ, aie pitié de moi !* ».

- Récites-en précisément trois mille sans en ajouter ou en retrancher aucune. Vu qu'il y a trois mille six cents secondes dans une heure, cela est parfaitement atteignable. En tout cas, tu parviendras ainsi à réussir cette prière intérieure perpétuelle dont nous avons tant parlé.

Je le remerciai pour ses excellentes explications, son aménité et son indulgence. De retour dans le fond de la grange, je fis en sorte d'exécuter le plus exactement et fidèlement possible ce qu'il m'avait conseillé. Ainsi du lever au coucher, je répétai lentement et en évitant la tension mentale : « *Seigneur Jésus-Christ, aie pitié de moi !* ». J'essayais aussi d'associer cette supplication à ma respiration. Les trois premiers jours avaient été difficiles à cause des pensées parasites et de l'opposition de mon ego. Mais, heureusement, j'avais réussi à dépasser ces obstacles et accompli de plus en plus aisément cette prière perpétuelle. Si bien que j'éprouvais un sentiment de manque quand je ne la disais pas. J'étais heureux à présent de ce qu'elle coulait en moi avec légèreté et de ce qu'elle avait pris un tour presque machinal.

Lorsque je revis Isaak, il m'invita à m'astreindre désormais à quatre mille oraisons par jour tout en précisant :

- Pas une de plus ni une de moins et puisse le Seigneur t'accorder son soutien et sa miséricorde.

Par bonheur, mon travail aux champs n'exigeait pas une grande concentration. De fait, je pouvais effectuer mon quota d'oraisons sans que cela ne devînt une contrainte.

Deux mois plus tard ...

-6-

Mû par le désir soudain de reprendre ma marche, je décidai, au lever, d'arrêter mon travail chez Boris. Avec vingt roubles en poche, je pourrai me nourrir de pain, de fromage et d'eau pendant plusieurs semaines et, peut-être même, m'offrir le luxe d'une nuit et d'un repas chaud dans une auberge. En ce mois de mai 1813, la météo étant plus clémente, il me coûterait beaucoup moins de dormir à la belle étoile.

Puisque Dieu avait magnifiquement pourvu jusque-là, j'avais confiance qu'il continuerait de le faire quand la disette surviendrait. De surcroît, je m'appliquai à exécuter la prière perpétuelle à raison de six mille oraisons par jour avec la certitude que le doux Jésus-Christ m'entendait. Dans le cas contraire, à quoi bon le supplier d'avoir pitié de moi. Cette pensée négative me fit réaliser, tout à coup, que le Malin tentait de me détourner de mon engagement envers Dieu. « Trêve de faiblesse ! Surveille ta pensée ! », me dis-je. Ainsi je me convainquis que le Seigneur me tenait la main pour m'empêcher de faillir.

J'aperçus au loin une vieille cabane en bois qu'un ange au service du Divin semblait avoir placée dans mon champ de vision. Désireux de reposer mon pied bot fatigué et de dormir dans un petit abri, fût-il rudimentaire, j'entrepris de traverser le champ au fond duquel elle trônait. En arrivant à la hauteur de celle-ci, j'en fis le tour pour constater son état en me disant que celui-ci aurait pu être pire. Quoique la porte était légèrement branlante, les planches de la masure me parurent plutôt bien jointes. Je remerciai Dieu pour cette construction de fortune. Après avoir ramassé de la paille dans le champ, je confectionnai une couche et m'y allongeai en poussant un soupir de satisfaction. Puis, les yeux clos, je repris la récitation de la prière que je savais facilement associer, désormais, à mon rythme respiratoire. J'avais abandonné cependant le comptage des oraisons à l'aide du rosaire et tant pis si j'en disais plus ou moins que le nombre imposé par le starets. Je ne voulais plus me sentir astreint à une apparente nécessité spirituelle. L'important n'était-il pas d'emplir mon cœur d'un amour sincère pour Jésus-Christ ?

Alors que je répétais ma prière entre veille et sommeil, une voix rocailleuse me fit sursauter.

- Eh, manant ! Qu'est-ce tu fous là ?

Ouvrant des yeux, probablement hagards, je considérai cet intrus avec la ferme intention de ne pas bouger de ma paillasse.

- Allez, déguerpis ! C'est ma cabane, mon vieux !

De même, je ne comptais pas obtempérer à sa grossière injonction.

- Tu habites là ? M'enquis-je.

- Non, j'habite pas là ! C'est l'endroit où je me repose du travail aux champs en milieu de journée.

- Ah, je vois ! Rassure-toi, je ne resterai pas longtemps. J'ai besoin seulement de détendre un peu mes jambes.

Ses yeux noisette enfoncés derrière des sourcils broussailleux m'observèrent un instant. La peau très usée de son visage m'indiquait que le pauvre homme devait s'user à la tâche.

- Je ne suis pas un vagabond, mais un pèlerin, précisai-je.

- Un manant pèlerin alors, railla-t-il en découvrant une dentition délabrée.

Cet individu plus bête que méchant incitait ma pitié. Je sentais, en outre, qu'il n'allait pas persister dans son idée de me voir décamper.

- Puisque t'es pèlerin, tu vas reprendre bientôt la route, lança-t-il.

- Sous deux jours sans doute.

- Bon, va pour deux jours.

Il repartit comme il était venu sans la moindre salutation. Par bonheur, ce piètre rustre n'était pas totalement insensible. Même si je ne lui empruntais guère un bien de grande valeur.

Je pus me consacrer derechef à mes oraisons sans craindre d'être dérangé. Cette habitation sommaire me permettait de ne pas errer sous la pluie fine qui tombait maintenant depuis plus de vingt-quatre heures. En pratiquant la prière avec zèle, je retrouvais le désir d'en remplir mon cœur.

L'intrus revint le soir pour me porter du pain, du fromage de brebis et une cruche d'eau. Comme je l'en remerciai laconiquement, il lâcha :
- Je voudrais pas être obligé de sortir un mort de cette cabane.
« Voici une bonne âme qui aime paraître bourrue. Dieu pourvoit de façon insolite parfois », pensai-je.

Une semaine plus tard, j'étais encore là et le dénommé Vassili n'en vint plus à me presser de débarrasser le plancher. Nul doute qu'il avait pitié de ma condition, quoique la sienne était à peine meilleure. Tandis que j'évoquais la foi en Dieu, lors d'une petite discussion, vu qu'il parlait peu et que je ne me montrais pas très loquace, non plus, il avait objecté :
- La foi en Dieu ? Qui est ce Dieu qui laisse faire les injustices, la misère et qui fait mourir des gens qui ont pas eu droit à une vie décente sur Terre. Tiens, regarde comment ton Dieu t'a mal loti à toi aussi !
- Ce n'est pas ainsi qu'il faut voir les choses, avais-je simplement répondu.
- Vois comme tu veux ! Moi, j'y croirai jamais à ton Dieu !

Certes, je ne l'avais guère blâmé pour son étroite façon de penser, ni pour son blasphème ou pour son immaturité spirituelle. J'avais prié plutôt pour que Dieu fît le prodige de transfigurer la disposition d'esprit de ce pauvre homme.

L'ayant informé de mon départ de sa cabane où j'étais resté quinze jours, Vassili vint me saluer :
- Bonne route, Lyov. J'étais habitué à te voir. J'ai réfléchi à ton Dieu et, peut-être, il faut que j'apprenne à le connaître. Si tu repasses par là, viens m'en parler.
- D'accord. Dieu décidera si je dois repasser par là ou non.
Son sourire cachait mal combien ma réflexion l'interloquait.

Il me vint à la pensée de rebrousser chemin pour rendre visite à mon cher starets. De toute manière, je ne m'étais pas fixé la moindre destination et je m'interrogeais, parfois, sur le caractère sensé de cette marche.

À mon arrivée dans la communauté, un frère m'accueillit de façon cordiale. Lors de mon dernier séjour parmi eux, j'avais été agréablement surpris par l'équanimité de ces religieux. Isaak me reçut, de même, avec sa sempiternelle affabilité.

- Alors, as-tu exploité ces trois semaines de manière profitable. Cela fait bien trois semaines que tu nous as quittés, n'est-ce pas !
Je compris ce qu'il entendait par le terme « profitable ».
- Oui, cela fait environ trois semaines, répondis-je. Quant à l'utilisation de mon temps, je ne me suis pas dispersé. J'ai plutôt fait en sorte de progresser spirituellement.
- Je lui narrai ensuite comment je m'étais consacré à la prière dans une cabane, placée par le Seigneur sur ma route, et aussi ma rencontre avec un dénommé Vassili chez qui j'avais réussi à susciter un premier intérêt pour Dieu.

- Le Seigneur Jésus-Christ a voulu te montrer comment il amène les irascibles à plier le genou, allégua le starets.

Certes, Vassili n'en était pas venu à plier le genou. J'avais foi cependant que le Seigneur œuvrerait à travers moi ou quelqu'un d'autre pour l'amener à grandir spirituellement.

J'informai ensuite Isaak que la prière perpétuelle accaparait dorénavant mon cœur et qu'il me serait impossible de vivre sans elle. Méditatif durant ma confidence, il ouvrit soudain les yeux et dit :

- Puisque te voici uni à cette prière intérieure, il convient d'en fortifier la permanence. Pour ce faire, et avec le soutien de Dieu, tu vas réciter huit mille oraisons par jour.

- Huit mille ? M'étonnai-je. Il m'apparaît impossible d'en dire autant en une journée.

- Je ne t'imposerai jamais l'impossible, mon frère. Demeure dans la solitude, ici ou ailleurs, lève-toi plus tôt, couche-toi plus tard et reviens me voir lorsque tu auras atteint cet objectif. Il faut que cette prière soit encore plus ancrée en ton cœur. Un individu respire en moyenne neuf mille fois en dix heures. Aussi as-tu le temps d'en faire huit mille. Dis « *Seigneur Jésus-Christ* » en inspirant et « *Aie pitié de moi* » en expirant. Cela ne doit surtout pas te demander un effort mental, mais prendre la forme d'un automatisme.

Après avoir pris congé du starets, je marmonnai :

« Je ne m'en suis pas tenu à quatre mille oraisons … alors huit mille … c'est proprement insensé. Jusqu'où ce religieux a-t-il l'intention de me mener ? Si je le revois dans une quinzaine, il me commandera peut-être d'en réciter seize ou vingt mille … et, là, je saurai qu'il se plaît à abuser de ma docilité ».

Pour la première fois, j'éprouvai une certaine animosité envers ce saint instructeur.

Je retournai vers la cabane de Vassili où je m'allongeai sur le lit de paille, en vue de ruminer mon découragement. Une heure plus tard, Vassili débaula :

- Ah, tu es revenu ! Tu vois, j'ai tout laissé comme quand tu étais là !

- Me permets-tu d'y rester quelques jours ?

- Combien de temps tu voudras, Lyov. On est amis maintenant.

- Cette amitié me fait chaud au cœur Vassili.

- Bon, j'ai à faire aux champs. À bientôt, mon ami !

- À bientôt et bon courage à toi !

À l'abri des caprices de la météo sous ce toit de planches, quoique la température était agréablement douce en cette fin juin 1813, j'entrepris de tenter de réciter les oraisons comme indiqué par le starets. Je me refusai cependant à les compter, craignant que cette contrainte ne mît en échec ma quête d'une belle communion avec le Seigneur.

Depuis mon retour en ce lieu, Vassili venant deux fois par jour pour me faire un brin de causette tout en m'apportant de la nourriture, je ne parvenais guère à me consacrer pleinement à mon travail spirituel. Si sa bonté me touchait, ses allées et venues commençaient à m'excéder. Je pris donc la résolution de quitter la cabane au milieu de la nuit, de peur qu'il ne courut après moi. Ce faisant, je ne sus pas si ce Vassili avait rectifié sa vision de Dieu. Comme il s'était gardé d'abord le sujet, j'en déduisais qu'il préférait rester dans son athéisme.

En chemin, j'avisai un arbre à la majestueuse ramure sous laquelle j'entrepris de séjourner pour le restant de la nuit. Or la prière perpétuelle me tint éveillé et ce n'est qu'au lever du jour que je m'endormis.

Au réveil, je choisis de ne pas bouger de ce lieu paisible et de reprendre la litanie des oraisons en m'efforçant de laisser la prière couler en moi. En milieu de journée, je ressentis soudain de la lassitude, un durcissement de la langue et une raideur dans les mâchoires. Pour oublier ces troubles, je me mis à réciter la supplique avec plus d'ardeur et bonheur. J'ignorais cependant si les huit mille oraisons étaient réalisables ou non, vu que je me refusais toujours à en faire le comptage et que je m'étais seulement astreint à les répéter, autant que possible, de manière continue.

Au petit matin de mon troisième jour sous le même arbre, j'eus la vision d'un ange au-dessus de moi et au cœur d'une nuée qui disparut aussi vite qu'elle était apparue. Était-ce une hallucination provoquée par ma recherche obstinée de la Lumière du Seigneur ? La prière perpétuelle devenait-elle néfaste et dangereuse pour ma santé mentale ? Craignant que le Malin ne fût l'inspirateur de cette pensée défaitiste, je redoublai de ferveur : « *Seigneur Jésus-Christ, aie pitié de moi !* », des paroles que je m'appliquais à faire transiter du mental jusqu'au cœur. Une douce sérénité accompagnant ensuite ma journée, je fus heureux de cette nouvelle belle grâce du Seigneur.

J'avais l'impression de me trouver brusquement en dehors de la réalité de ce monde, voire propulsé dans une autre dimension. Accomplissant dorénavant mes oraisons du lever du jour à la tombée de la nuit, je subodorais que j'avais atteint, voire dépassé les quatre mille oraisons imposées par le starets. Il m'apparaissait toutefois plus important de parvenir à communier avec la Lumière du Seigneur, plutôt que de me fixer un quota de prières. Grâce à la température agréable, je ne souffrais pas du froid comme jadis et, de surcroît, la pluie restait confinée dans les hauteurs du ciel depuis plusieurs jours.

Je quittai enfin mon petit abri après l'avoir remercié de sa protection et rebroussai chemin derechef pour rendre visite au starets. Quand j'eus terminé de lui narrer comment j'avais vécu ces derniers jours, en lui laissant croire que je m'étais plié à la contrainte des huit mille oraisons quotidiennes, il déclara :

- Grâce à Dieu, tu es maintenant en capacité de prier sans peine. Il te faudra faire preuve de vigilance naturellement, et ce, afin de ne pas devenir la pauvre victime de l'ennui. Celui-ci vient parfois se glisser subrepticement dans le cœur et y annihiler tout désir d'effort. Certes, Satan est toujours aux aguets de tes faiblesses pour les exacerber et te faire chuter. C'est un don du Seigneur cette envie que tu as éprouvée un jour de le prier sans cesse et cette volonté que tu as eue de le faire du lever au coucher. Peut-être que ton cœur continue de réciter la prière pendant ton sommeil, puisque celle-ci est incluse maintenant dans ta respiration. Ton amour pour Jésus-Christ et ton humilité t'induisent à le supplier d'avoir pitié de ta nature pécheresse et de te guider sur le chemin de ta sainteté. Puisque la prière intérieure perpétuelle habite ton cœur, il ne t'est plus nécessaire de compter les oraisons. Continue de les associer à ta respiration. Ne les prononce pas à haute voix et ne les murmure pas non plus.

Je louais la sagesse de ses consignes et acceptai son invitation à demeurer un temps au sein de la communauté. Je culpabilisais néanmoins de profiter ainsi du gîte et du couvert sans rien donner en échange. De toute façon, il ne me fut pas proposé une quelconque tâche. Je compris que ces frères ne permettaient à quiconque de perturber leur organisation bien huilée.

Pendant tout l'été, je bénéficiai de la tranquillité nécessaire à mon travail spirituel. Un jour, je m'éveillai avec à la pensée les images du rêve étrange fait durant la nuit. Je m'y voyais donc en train de prier à genoux face à une magnifique lumière. D'un naturel discret et respectueux de mon désir de silence, les moines s'en tenaient à un hochement de tête en me croisant lors de mes flâneries dans les allées du grand parc artistement agencé. Le starets les avait sûrement informés sur le but de ma présence parmi eux, à savoir sur ce chemin de perfectionnement spirituel qu'il m'aidait à réaliser au mieux. Au cours des repas, le silence étant la règle, je pouvais continuer de prononcer intérieurement ma brève supplique. De fait, j'ingérais avec un certain détachement les aliments présents dans mon assiette.

Dans ce havre, mes tourments intérieurs s'étaient apaisés. Ainsi une douce sensation de bonheur emplissait désormais mon cœur. En dehors des offices dans la chapelle, je m'agenouillais longuement face à la grande croix en suppliant Jésus-Christ de m'accorder son pardon et sa pitié. Je souffrais, à en pleurer parfois, quand j'essayais de dérouler dans ma tête le film de son horrible supplice, bien que les Écritures relataient la nécessité de celui-ci pour sauver l'humanité. Certes, sa perfection m'amenait à prendre plus encore conscience de mon indigence spirituelle. J'avais foi à présent qu'il entendait mes suppliques et qu'il compatissait à ma misère avec immensément d'Amour.

Le starets décéda un peu avant l'heure des matines, c'est-à-dire au moment des premières lueurs lactescentes de l'aube. J'appris sa mort, alors qu'elle venait d'avoir lieu. Je fus autorisé à le voir, allongé sur le lit de sa chambre où des frères veillaient. Si sa brusque disparition m'attristait grandement, je sentais son âme m'inciter à la joie plutôt qu'à la tristesse. Ne m'avait-il pas plusieurs fois instruit, de son vivant, sur la vie au sein de la magnificence christique au-delà de cette existence terrestre si obscure souvent ? Au moment de son enterrement, dans le petit cimetière derrière la chapelle, je ne pus m'empêcher de verser quelques larmes tout en remerciant Dieu d'avoir placé sur mon chemin ce saint homme au cœur débordant de sagesse et de bonté.

Un nouveau doyen eut la charge de supérieur au sein de la communauté. Une reconnaissance tacite à laquelle les frères tenaient finalement. Celui-ci m'autorisa à demeurer là autant de temps qu'il me plairait. J'acceptai à condition de pouvoir participer aux travaux agricoles, puisque le monastère disposait de plusieurs acres de terres sur lesquelles des frères cultivaient des céréales et des légumes.

À l'automne, je décidai de reprendre la route vers l'inconnu, confiant à présent que le Seigneur m'inspirerait prochainement la destination juste. Une certitude qui donnerait enfin un sens à ma marche. Avant mon départ, le frère doyen Vitaly vint vers moi et dit :

- Notre vénéré et regretté frère Isaak m'a enjoint de te faire don de ces dix roubles et des provisions utiles à ton voyage le jour où tu nous quitterais.
- Permettez-moi de refuser ce don, frère Vitaly. Vous en aurez plus besoin que moi, répondis-je humblement.
- Lyov, c'était sa volonté et nous ne pouvons, ni toi ni moi, aller contre celle-ci. De plus, tu es démuni et, comme tu as pu le constater, nous ne manquons de rien ici.

M'interdisant de fâcher l'âme du saint starets, je pris l'argent et le sac de provisions que Vitaly me tendit pour se conformer au désir de son frère défunt. Tout en le remerciant, j'eus une pensée de gratitude pour Isaak et, surtout, pour mon Bien-Aimé Seigneur qui avait encore pourvu d'une façon inattendue.

De devoir à nouveau affronter les caprices de la météo et reposer mon corps au hasard dans la nature me chagrina au début. Puis la prière perpétuelle me rasséréna. Associée à ma respiration, elle correspondait dorénavant à un acte réflexe. En tout état de cause, le Seigneur Jésus-Christ n'avait pas besoin de m'entendre le supplier pour connaître mes tourments ou mes besoins.

Avant de m'endormir sous un gros chêne, la tête posée sur mon sac bien garni, et le corps recouvert de mon manteau en peau, je me mis à réfléchir à mon avenir. Il me revint à l'esprit la vision de l'ermite Piotr dans une cabane au fond de la forêt de Sikov : « Je viens d'avoir la vision d'une grande église avec un très haut clocher au sein d'une belle lumière blanche ». Comme je lui demandais si j'allais entrer en religion, il m'avait répondu : « Ce ne sera pas le cas ». Ne me sentant pas capable de percer la symbolique de cette image, je m'en remis à la bonté du Seigneur : « Puisses-tu, mon Bien-Aimé Jésus-Christ, m'inspirer sur la voie de mon destin pendant mon sommeil ».

-7-

Le lendemain, j'arrivai à Stowbtsy où je fis le projet d'acquérir une Philocalie avec les roubles légués par le starets. Je m'étonnais, en outre, que celui-ci ne m'eût pas fait don de la sienne. Parti à la recherche d'une boutique dans le centre de ce petit bourg, j'en trouvai une finalement qui faisait commerce de toutes sortes d'objets ... dont des livres.

- Vendez-vous, par hasard, des livres religieux ? M'enquis-je.
- J'en ai quelques-uns. Lequel cherches-tu exactement ? Questionna-t-il en posant sur moi un regard inquisiteur.

À cause de mon apparence misérable, il se permettait de me tutoyer et de me manquer de respect.

- La Philocalie.
- La Philocalie ? Il ne m'en reste plus qu'un. Tu vas lire ça ? C'est un livre particulier et que ne comprennent que les religieux. Tu ne sembles pas être un religieux.
- Trêve de railleries, monsieur ! Combien coûte cette Philocalie ?
- Trois roubles et ...
- Je peux la voir avant ? M'empressai-je.

Il disparut dans l'arrière-boutique et revint avec un livre qui avait eu visiblement plusieurs propriétaires.

- Il n'est pas récent et la couverture est même plutôt abîmée.
- Il n'en a que plus de valeur, argua le marchand sur un ton prétentieux.
- Je vous en donne deux roubles et c'est bien payé.
- Trois roubles ... elle en vaudrait au moins le double sinon.

Soudain, mon regard fut attiré par une carte.

- C'est une carte de la Russie ?
- Non, une carte de l'Europe.
- Vous permettez ?
- Oui.
Je la pris et l'ouvris.
- Combien coûte-t-elle ?
- Cinquante kopecks. Prends le bouquin et la carte pour trois roubles, mais vite … avant que je change d'avis.
- Bien … d'accord pour trois roubles.

Je déposai les pièces sur le comptoir exigu et fuis quasiment de cette boutique à l'atmosphère pesante avec ma Philocalie et la carte que je fourrai aussitôt dans mon sac. Assis sur un banc, je sortis le saint ouvrage du sac pour vérifier son état. En définitive, ses pages n'étaient pas maculées de taches et il s'avérait donc parfaitement lisible. « Le contenu compte plus que le contenant », murmurai-je. Je pris ensuite la carte et la dépliai sur mes genoux, intéressé par cette Europe dont j'avais entendu parler, mais qui m'était toujours apparue si lointaine. Après avoir repéré l'emplacement des divers pays la constituant, je repliai la carte en me disant que je n'en viendrai jamais à pérégriner vers des contrées aussi éloignées.

Je ne fis point le pas de louer une chambre dans une auberge ni de m'offrir le luxe d'un repas chaud ; vu que j'avais assez de nourriture pour trois semaines, au moins, dans mon sac. D'ailleurs, je n'en avais pas eu, depuis longtemps, un aussi lourd sur le dos. Je m'installai sous un porche pour manger mon bout de pain, agrémenté d'un peu de fromage ; puis je croquai une pomme en pensant au pauvre Adam qu'Ève avait poussé à pécher, condamnant ainsi les humains, après lui, à subir les conséquences de sa faute.

Un quidam passa devant moi et lança :
- Alors, vagabond, tu comptes passer la nuit là ?

- Faut-il payer pour ça ?

- Te fâche pas ! Je disais ça pour plaisanter et causer un peu.

- Je n'ai pas envie de te faire la causette. Alors, si tu veux bien me laisser en paix à présent.

- Bon, ça va ! Je m'en vais !

Tandis qu'il tournait les talons, je l'entendis marmonner. Je me hâtai alors de demander pardon à Dieu pour mon attitude peu amène envers ce pauvre homme.

Je me sentais devenir une personne étrange et éprouver un désir profond de solitude, laquelle s'avérait indispensable à une récitation continue de la prière intérieure. Ce n'était en rien une contrainte, mais un besoin et je me trouverais dans un état de manque en négligeant cette tâche. Jésus-Christ façonnait-il mon cœur au fil des jours de cette marche que j'avais entreprise, d'aucuns diraient sur un coup de tête ? M'y avait-il instigué et me menait-il avec maestria vers mon destin ? J'espérais qu'il en était vraiment ainsi et n'être pas le jouet de mon imaginaire. Cette pensée m'apparut aussitôt bien ingrate, étant donné ma belle rencontre avec le starets Isaak que le Seigneur avait assurément orchestré pour que j'en vinsse à progresser au niveau spirituel. Sans ce moine, j'en serais encore à chercher la signification du « Priez sans cesse » de l'apôtre Paul.

-8-

Avant de reprendre la route, je me sentis intérieurement impulsé à déplier la carte. Je m'exécutai aussitôt, puisque j'avais tant supplié Dieu de m'inspirer la voie à suivre. Dans une attitude passive, ensuite, j'attendis qu'un ange m'indiqua une destination. Mon intuition me souffla alors que je n'avais pas acheté cette carte pour seulement m'instruire sur la géographie de l'Europe. Ainsi mon regard s'arrêta longuement sur l'Italie, un pays ayant la forme d'une grande botte, puis sur Rome où je savais que le chef de l'Église catholique habitait un grand palais. « As-tu décidé, Seigneur, que je dois marcher vers ce lieu ? ». N'entendant pas la moindre réponse à ma question, je repliai la carte.

Il me fallut cinq jours pour couvrir les soixante-quatre verstes (environ 68 km) séparant Stowbtsy de Baranavitchy. Je ne me pressai guère, comme j'ignorais toujours vers où aller exactement. Aussi avais-je continué de marcher tout droit avec l'espoir qu'un doigt occulte me montrerait enfin la bonne direction. Après une nuit agitée aux abords de cette ville, je repensai derechef à la vision de l'ermite Piotr dans laquelle il y avait une grande église qu'un très haut clocher surmontait. Il m'apparut soudain que cette image symbolisait sans doute un haut lieu de chrétienté et, plus précisément, Rome. Pour en avoir le cœur net et ne pas m'embarquer dans une pérégrination insensée, je priai Dieu de murmurer à mon oreille si Rome correspondait à la ville où il avait décidé de m'envoyer et pour quoi y faire. Trop tourmenté, pour l'heure, j'en vins à délaisser la prière perpétuelle.

Au réveil, les bribes du rêve de la nuit – à savoir des gens autour de moi sur une grande place, une immense croix au haut d'un clocher et, surtout, un soleil au zénith – m'amenèrent à penser qu'on avait cherché à me dévoiler, via cette symbolique que Rome représentait bien le but à atteindre désormais. Quoiqu'il s'agissait d'un très long trajet à pied. Manifestement, l'irrépressible force, qui m'avait fait quitter ma petite ville de Smolensk et entreprendre cette errance, me poussait vers cette capitale italienne à la célèbre réputation.

Une heure plus tard, je décidai de suivre la route indiquée sur la carte. J'étais curieux aussi de découvrir un bout de cette Europe. En mon cœur, je sentais soudain que je devais faire cela. C'était comme si un ange m'insufflait le courage d'accomplir un tel périple … certes très exigeant. Libéré aujourd'hui de l'envie d'aller quérir les conseils du starets, je n'aurai plus à lambiner. En effet, il était temps pour moi maintenant de partir à la rencontre de mon destin.

Cheminant à mon rythme, à savoir une dizaine de verstes par jour, je ne m'inquiétais guère du temps que je mettrai pour parvenir à Rome via la Pologne, la Moravie, l'Autriche et l'Italie du Nord. La prière intérieure perpétuelle, que je nommais à présent la prière de Jésus, faisait office d'exutoire des douleurs provoquées par mon pied bot. Je m'arrêtais régulièrement à l'écart de la route pour me reposer, lire quelques paragraphes de la Philocalie et m'emplir ainsi de la sainte sagesse des Pères. Car j'étais en recherche présentement d'une instruction sur la notion de « salut de l'âme » et, partant, sur la manière de la préserver du péché.

Un mois plus tard ...

-9-

J'entrai dans Bialystok en Pologne, une ville qui me paraissait être assez importante de prime abord, où j'achetai du pain et remplis mon outre d'eau fraîche. Je faisais en sorte de gérer au mieux mon petit pécule de vingt roubles, la route étant encore très longue jusqu'à Rome. En ce mois de janvier 1814, il faisait heureusement un peu moins froid ici qu'en Russie et dormir à la belle étoile ne me glaçait pas autant le sang. Parcourant la cité à la recherche d'un lieu pour dormir, je trouvai un porche où je m'allongeai en me disant : « J'espère qu'une mauvaise personne ne m'en délogera pas ». Je récitai là un certain nombre d'oraisons en culpabilisant, vu que je ne faisais plus celles-ci aussi assidûment qu'auparavant. Le Malin me distrayait-il, affadissait-il ma foi avec le projet de m'entraîner sur la voie de la perdition ? Épuisé, je ne me sentais pas la force d'envoyer paître ce maudit Tentateur.

Réveillé tôt le matin, mon corps semblait avoir été régénéré de l'intérieur pendant le sommeil. Le Seigneur s'était-il pris de pitié pour moi et avait-il renvoyé Satan dans son infernal royaume pour s'y occuper des âmes damnées ? J'éprouvais soudain l'envie pressante de reprendre mon travail spirituel. L'impression de repartir de zéro et de devoir m'efforcer de retrouver l'automatisme de jadis m'angoissa. Mon saint starets m'aurait secouru et prodigué les excellents conseils propres à me remettre sur le bon rail. Livré à moi-même, dorénavant, je n'avais pas d'autre choix que de faire preuve de résilience et de puiser dans la riche instruction de feu Isaak.

Par bonheur, les jours passant, la prière se remit à transiter de ma pensée à mon cœur sans que j'eusse besoin de la prononcer avec mes lèvres. Elle suivait mon rythme respiratoire :

« *Seigneur Jésus-Christ* » en inspirant l'air et « *Aie pitié de moi* » en l'expirant. J'entrepris aussi de tenter de ressentir la quintessence, voire la puissance vibratoire, de ces paroles.

Lorsque survint la sensation d'une étreinte d'amour en mon cœur, je voulus croire que le Seigneur Jésus-Christ venait de m'en faire la merveilleuse grâce. Comme je n'avais pas celle de le voir, je me mis à penser bonheur que ses disciples avaient eu de pouvoir l'entendre et lui parler après sa crucifixion. J'aurais tant aimé me jeter à ses pieds et les baigner de mes larmes. Toutefois, je louais ce désir, qu'il avait suscité en moi, de le supplier à longueur de journée. Mon questionnement sur le « Priez sans cesse » de l'apôtre Paul était à coup sûr son idée pour m'amener à entreprendre une difficile ascension spirituelle et à la façon d'un alpiniste en définitive. S'abaissait-il à répondre à ma petite réflexion en baignant mon être d'une chaleur douce ?

Cette délicieuse expérience m'exhorta à rechercher dans la Philocalie un paragraphe traitant de ce type de manifestation intérieure et des effets de l'invocation du nom de « Jésus-Christ ». Je craignis soudain qu'un tel ressenti fût une émanation de mon pauvre imaginaire et le soutien du Seigneur une chimère.

Je m'adonnai donc à cet examen du livre des Pères deux heures durant, assis sous un arbre à la lisière d'une forêt. Grâce à lui, ma foi progressa. Il m'apparaissait donc que j'en avais beaucoup manqué en doutant de l'assistance du Christ dans cette marche. Lors d'un assoupissement, je vis le starets Isaak en train de m'expliquer, depuis son Ciel, qu'il me fallait ne jamais oublier de prier avec une humble disposition de cœur.

Arrivé à Varsovie, une capitale bien trop peuplée pour moi, je pris le temps d'acheter quelques provisions pour ne pas dépérir. Je fus heureux de ce que le rouble était accepté par le commerçant et de ce que le coût du pain et du fromage n'était guère plus élevé qu'en Russie ou en Biélorussie. Les achats effectués, il me restait quinze roubles que je cachai dans mes vêtements en cas d'agression. Certes, ce lieu bondé ne m'inspirait point confiance.

Après une nuit où je n'avais dormi que d'une oreille sur un banc, je quittai cette métropole à l'atmosphère chargée d'ondes négatives. Sur la carte, je vis que la prochaine ville sur la route, que je m'étais fixée, portait le nom de Lodz. J'estimais en outre pouvoir la rejoindre dans une dizaine de jours environ. En regardant les verstes parcourues, je félicitai mon pied bot pour sa vaillance. Je n'aurais jamais cru que mon corps résisterait si bien à la contrainte de nuits dans le gel et l'humidité.

-10-

Jusqu'à l'été 1814, je choisis de n'emprunter que des chemins de campagne, m'arrêtant dans des bois en vue d'y reposer mes jambes et d'y dormir le soir venu. Je fis cela jusqu'à Kremnit en Autriche où je repris la grande route conduisant à Vienne.

Dans la sublime capitale autrichienne, je pris le temps de contempler la magnifique architecture des bâtiments, les jardins aux parterres joliment colorés et artistement disposés. Je parcourais les grandes avenues très bien entretenues en baissant souvent la tête pour ne pas voir les regards des gens bien habillés sur mon apparence misérable. Ce petit bain dans la civilisation me sortait de ma solitude, laquelle m'avait fait devenir un peu misanthrope. Ce qui n'était pas, pourtant, ma vraie nature. Certes, la prière de Jésus comblait mon cœur et donnait un sens à mon existence.

Pendant les quatre jours passés dans cette immense ville, où j'avais acquis pour un thaler (monnaie autrichienne de l'époque) un livret répertoriant les cinq cents mots les plus importants de la langue autrichienne, je pus commencer à m'acclimater à ce langage moins difficile que le russe finalement … grâce aussi au roman offert par le commerçant.

Tout en marchant en direction de Graz, j'alternais les moments de prière et de l'apprentissage de l'autrichien. Alors que je suivais le chemin menant vers Temen, deux hommes en uniforme de soldats, mais débraillés, s'approchèrent de moi ; puis l'un d'eux lança avec un regard menaçant :
- File-nous dix thalers.

Je fis celui qui ne comprenait pas ce qu'ils me disaient, répondant en russe et faisant le geste des poches vides pour leur montrer que je n'étais qu'un pauvre vagabond étranger.

- Il est pas d'ici ! Voyons ce que ce minable a dans son sac !

Le plus fort en gueule de ces deux escogriffes me frappa avec un gros bâton, puis je sentis un grand vide dans ma tête et le sol se dérober sous mes pieds.

Quand je revins à moi, j'essayais de me souvenir comment j'en étais arrivé à dormir dans un fossé. Presque simultanément, le coup de gourdin d'un des deux soldats remonta du fond de ma mémoire. Constatant que mes vêtements étaient à moitié déchirés et que mon sac avait disparu, j'en déduisis que ces brigands, habillés en militaire, m'avaient fouillé pour vérifier que je ne cachais pas un pactole sous ma chemise ou dans mes chausses. Ils m'avaient laissé, Dieu merci, mon passeport que je gardais caché dans ma vieille toque, afin de le présenter si nécessaire. Était-ce à cause de mes péchés dans mon ancienne vie où pour m'amener à évoluer spirituellement que j'avais été l'objet d'une telle agression ?

Sur mon séant, dans l'herbe du champ, je me mis à pleurer, non sur mon sort, mais pour la perte de la Bible et de la Philocalie. Me levant enfin, je fis une marche molle d'un quart d'heure environ et avisai un endroit tranquille où, adossé à un arbre, je priai Dieu de m'insuffler le courage de dépasser cette adversité. Je ne lui tenais point grief, cependant, d'avoir laissé le démon me brutaliser. « M'as-tu imposé cette épreuve, Seigneur, pour que je devienne mentalement plus fort ? », lui demandai-je.

Obnubilé par l'ardent désir de récupérer ma Bible, aux Évangiles sanctifiés par la sublime Parole du Christ, et ma Philocalie, riche de la sagesse des Pères, je délaissai momentanément la prière de Jésus. Il aurait été préférable que je périsse sous les coups, plutôt que de devoir vivre de cette manière désormais. Car j'avais l'impression d'être nu et pitoyable.

Le désarroi me rendant laxiste et négatif, je me laissai dépérir durant deux jours. Au réveil du troisième, le rêve de la nuit m'aida à réagir. Je me souvenais avoir raconté mon infortune à feu le starets Isaak. Curieusement, son long discours s'était gravé dans ma mémoire : « Voici une leçon propre à t'inciter à te détacher des choses terrestres. Cette épreuve t'appelle à la vigilance, car le Tentateur cherche en permanence à te faire choir dans ses ténèbres. Dieu te commande de renoncer à la volonté de ton ego et à t'en remettre à sa Volonté … ceci pour le bien et le salut de ton âme. Aussi je t'invite à reprendre courage et à avoir foi que, bientôt, une belle lumière viendra dissiper cette grisaille. Tu recevras une consolation proportionnelle à la peine que tu te vois infligé ».

Grâce à un changement de mon état d'esprit, un souffle roboratif parut pénétrer les cellules de mon corps. Ce fut comme si l'aurore se levait sur ma vie … prélude d'un bel éclat. L'instruction du saint moine m'avait donc été salutaire. « Que la volonté du Seigneur s'accomplisse ! », murmurai-je. Droit sur mes jambes, je me signai et repris la route vers Temen. La prière de Jésus circula derechef librement de ma pensée à mon cœur. Ainsi je ne blâmais plus autant les voyous qui m'avaient dérobé ma Bible et ma Philocalie.

-11-

Peu après le panneau indiquant le village de Temen à quatre verstes (environ 4,3 km), un groupe de forçats, encadrés par des soldats, passa sur mon chemin en sens inverse. J'y reconnus aussitôt les deux maudits ladres.

- S'il vous plaît, quoi vous faire mon sac, leur lançai-je.
J'avais conscience de parler un piètre autrichien.
- Qu'est-ce tu racontes ! Rétorqua l'un d'eux.
- Vous avoir volé mon sac !
- Eh, minable ! Toi nous filer cinq thalers et nous te donner ton sac, répliqua l'autre en riant.
Ayant compris globalement sa réponse, je dis :
- Vous avoir volé douze roubles sous chemise. Moi plus rien maintenant.
- Qu'est-ce que tu fais là, vagabond ? Allez, ouste ! Sinon on t'emmène avec eux ! Brailla un gradé, bien droit sur sa monture.
Un autre cavalier déboula et s'enquit :
- Que se passe-t-il ? Que fait cet individu à côté des forçats ?
- Moi pas comprendre quoi vous avoir dit. Mais ...
- D'où viens-tu étranger ? Me demanda ce gradé qui me paraissait être un officier.
- Russie !
- Russie ? Ah mais tu as de la chance, mon ami ... car je parle couramment le russe.
- Vous parler russe ?
- C'est bien ce que je viens de te dire !
Je lui fis donc savoir en russe :
- Monsieur l'officier, je viens de reconnaître les deux brigands qui m'ont frappé, puis volé mon sac et mon argent il y

a cinq jours. Tant pis pour l'argent, mais j'avais dans mon sac deux choses très importantes pour moi.

- Qui sont ces deux-là et de combien de roubles t'ont-ils détroussé ?

- Je leur ai pardonné à présent et je ne voudrais pas alourdir leur peine.

- Quel trésor alors y avait-il dans ton sac ?

- Deux livres auxquels je tiens énormément.

- Quels livres ?

- La Bible et la Philocalie.

- Tu sais donc lire ?

- Oui, monsieur l'officier et, même, écrire. Mais si vous les retrouvez, vous verrez une inscription sur la page de garde de la Bible.

- Quelle inscription ?

- Mon nom et mon prénom qui sont aussi sur mon passeport.

- Bon, marche à côté de moi ! Je vais ordonner qu'on retrouve ton bien.

Tout en claudiquant, j'essayais d'avancer au mieux près du cheval. Finalement, l'officier descendit de son perchoir pour cheminer à mon rythme tout en tenant la bride de sa monture. Il me confia :

- Ces déserteurs de la valeureuse armée de Sa Majesté l'empereur François II vivaient tels des manants en détroussant les gens. J'avais eu vent par un cocher que des malfrats, habillés en soldats, avaient essayé de voler trois voyageurs. Or ils étaient tombés sur plus fort qu'eux et avaient dû prendre la fuite. Je les ai pris en chasse avec mon bataillon et je les emmène maintenant à Graz pour qu'ils y soient jugés.

- C'est une longue route. Et mes livres, monsieur l'officier ! Allez-vous vous occuper de les retrouver ?

- Nous allons faire une halte à Temen. Viens avec nous et je te promets de faire mon possible.

Nous continuâmes de bavarder en marchant. Je sus que cet officier avait le grade de capitaine et qu'il avait émigré en Hongrie, tout d'abord, après avoir rencontré une jolie hongroise il y a six ans, puis que tous deux avaient rejoint l'Autriche après leur mariage. Là, il s'était enrôlé dans l'armée où il avait été promu officier suite à son courage lors de la bataille de Raab en 1809 que Napoléon Bonaparte avait gagné malheureusement.

- Tu étais en Russie quand le terrible Napoléon a envahi Moscou ?

- Très loin de Moscou, puisque je vivais à Smolensk.

- En effet. Tu n'étais pas soldat ?

- Je n'aurais jamais pu tuer un humain, même mon pire ennemi.

L'officier sourit tout en jetant vers moi un regard bizarre. Il n'adhérait pas évidemment à cette vision et, à cause d'elle, il me prenait sans doute pour un couard.

- Ce fut une bataille horrible à ce que l'on m'a rapporté. Mais tu sais bien que nous, les Russes, nous sommes rusés et coriaces, précisa le capitaine.

- J'ai lu, à l'époque, que des dizaines de milliers de morts gisaient sur le champ de bataille et que l'armée russe força celle de Napoléon à battre en retraite.

- J'ai su ça aussi. Mais, dis-moi, que fais-tu en Autriche ?

- Je ne fais que passer.

- Pour aller où ?

- Là où le vent me poussera.

Je ne souhaitais pas lui confier mon intention de marcher jusqu'à Rome suite à un rêve et une intuition.

- Tu te plais à vagabonder finalement.

- Je m'arrêterai sûrement dans le lieu qui me donnera envie d'y finir mes jours.

Nous arrivâmes à Temen où le capitaine fit bivouaquer son escadron et enchaîner les déserteurs à un arbre. L'officier me proposa de l'attendre là, puis il disparut en compagnie de deux soldats.

« Pauvres   hommes »,   pensai-je.   « Seigneur   aie   pitié d'eux », priai-je.

Une demi-heure plus tard, le capitaine revint et lança :
- Est-ce ton sac ?
- Oui, oui, c'est le mien, m'exclamai-je.
Je le fouillai nerveusement et y retrouvai ma Bible et ma Philocalie intactes.
- Oh merci, capitaine ! Dis-je en serrant les livres contre ma poitrine. Des larmes de bonheur perlèrent sur mes joues, tandis qu'une délicieuse joie coulait en mon cœur telle une source de lait et de miel.
- Je vais vous laisser maintenant, monsieur l'officier.
- Où veux-tu aller à cette heure. Reste donc ici avec moi. Je te ferai dresser une petite tente. On voit que tu aimes énormément ces livres.
- Énormément, en effet, rétorquai-je d'une voix tremblante à cause de l'émotion que provoquait le fait de les avoir à nouveau avec moi.
- Moi, vois-tu, j'aime lire l'Évangile. J'en lis avec soin un passage chaque matin, avoua-t-il.
L'officier ouvrit sa vareuse et tira un livret ayant une jolie couverture décorée d'or.
- C'est le petit Évangile de Kiev, précisa-t-il.
- Je le connais, répondis-je.
- Viens dans ma grande tente ! Nous y dînerons comme deux vieux amis et je te raconterai comment m'est venue cette habitude.

Il ordonna à un soldat de faire apporter un bon souper pour deux et me laissa courtoisement entrer le premier dans son petit domaine.

-12-

Devant une bonne table, une chose qui ne m'était plus arrivée depuis des lustres, j'écoutai le récit du capitaine dont je sus qu'il s'appelait Igor Orekine.

- Moi, c'est Lyov Bobrik, l'informai-je.

« Enchanté, monsieur Bobrik. Voici ma petite histoire ! Je me suis engagé dans l'armée de Sa Majesté le Tsar à quatorze ans, suivant ainsi l'exemple de mon père qui y était un colonel très décoré. Quand je devins un jeune sous-officier, et considéré comme un soldat modèle, j'en vins à m'adonner à la boisson à cause d'une déception amoureuse. Une fille d'une beauté angélique qui me quitta brusquement pour un autre ; ce qui me rendit malade. Quand je ne buvais pas, j'étais félicité pour mes excellents états de service. Mais deux ou trois bouteilles de vodka m'envoyaient ensuite au lit pour plusieurs jours. Mes supérieurs supportèrent mon comportement jusqu'au jour où je couvris d'insultes l'un d'eux après des remontrances. Je fus donc dégradé et condamné à une peine d'enfermement de six mois. Le colonel, un militaire à la poitrine décorée d'une trentaine de médailles, me promit une condamnation très sévère si je ne me résolvais pas à arrêter de boire. Or, en dépit de grands efforts, je ne parvenais pas à me libérer de ces chaînes. Comme je replongeais régulièrement dans l'ivresse, je fus envoyé dans un bataillon disciplinaire où l'on me fit connaître les affres de l'enfer. Un jour, alors que j'étais en train d'effectuer une corvée dans la cour centrale de la caserne, je vis arriver vers moi un religieux.
- Un rouble pour les pauvres, mon frère, me dit-il.
- Tu as devant toi le plus pauvre des pauvres, objectai-je.

Nous discutâmes un petit moment et je l'informai de mon triste vécu durant ces dernières années. Il me considéra avec un regard empli de compassion, puis il me confia :

- C'est étrange, vois-tu ! Car cette même chose est arrivée à mon propre frère. Veux-tu savoir comment il s'en est tiré ?

Par un hochement de tête et une petite moue, je manifestai mon désir de l'apprendre.

- Eh bien, grâce à l'Évangile, mon frère.

- À l'Évangile ? Qu'est-ce donc que ça l'Évangile ?

- Ainsi tu ne connais pas la sublime Parole du Seigneur Jésus-Christ ! Sache alors que l'Évangile rassemble tout ce qu'un homme doit savoir pour mener une existence en concordance avec la Volonté Divine.

- Je l'apprends. Et comment ton cher frère s'en est-il tiré grâce à cette fameuse Parole ?

- J'y viens ! Le prêtre de la paroisse lui fit don d'un Évangile en lui recommandant d'en lire un chapitre chaque fois qu'il ressentirait l'envie de boire un verre d'alcool. Puis si l'envie continuait, il devait en lire un autre et ainsi de suite.

- La vodka avait un goût bien meilleur sans doute.

- Ne plaisante pas avec ça, mon ami ! Mon frère mit cette recommandation en pratique et, en peu de temps, son vice s'estompa et disparut. Voici quinze ans maintenant qu'il n'a plus consommé un verre de ce maudit alcool.

- Vraiment ?

- Oui, vraiment. Fais de même et tu trouveras, toi aussi, le chemin de la guérison. Je t'apporterai un Évangile demain à cette heure-ci.

- À quoi me servira ton Évangile, puisque tous mes efforts ne sont pas parvenus à me faire arrêter la boisson.

- Si tu suis mon conseil, tu constateras que le Seigneur réussit là où ta volonté se montre défaillante.

Comme promis, il m'apporta le lendemain l'Évangile que voici. Puis il l'ouvrit et m'en lut un ou deux paragraphes. Quand il eût terminé, j'objectai :

- Écoute, je ne comprends rien à ce jargon de religieux. Aussi garde ton bouquin, car je n'en ferai rien.

Mais le moine ne se découragea pas. Il continua à m'exhorter à entreprendre cette lecture et vanta la présence d'une force extraordinaire dans la Parole du Christ.

- Le Seigneur Jésus-Christ nous apprend des valeurs importantes aptes à nous guérir de nos péchés, déclara-t-il. Si tu renonces à ton hostilité, ton esprit s'ouvrira et ces textes ne te paraîtront plus si obscur. L'envie de boire t'est inspirée par le diable. Entends cette réflexion de Saint Jean de Chrysostome : « La Parole du Seigneur dans l'Évangile effraie Satan et empêche l'agression par ses injures ».

L'obstination du religieux me convainquit d'accepter cet Évangile. Je lui donnai quatre roubles et fourrai celui-ci dans mes affaires. Je l'avais totalement oublié quand une envie de boire à en crever s'empara de mon mental. Alors que je prenais quelques roubles pour aller assouvir mon vice à la taverne du coin, je tombai sur l'Évangile. Il me revint aussi à la pensée tout le laïus du religieux. Je finis donc par ouvrir ce bréviaire et par lire le premier chapitre de Saint Matthieu. Je tempêtai contre l'abstraction de ce texte, mais je fis l'effort cependant d'en lire un second. Curieusement, cela me parut plus clair. Encouragé par cette amélioration de ma compréhension, je commençai à en parcourir un troisième quand la cloche du soir se mit à retentir. C'était le signal nous interdisant de sortir de la caserne. De fait, je ne pouvais plus aller me saouler à la taverne. Le lendemain matin, tandis que je m'apprêtais à sortir pour acheter une bouteille d'eau-de-vie, je ressentis le désir d'essayer la potion magique de l'Évangile. J'en parcourus un bon bout attentivement et ne fus plus tenté de sortir. Quand l'envie de boire me harcela à nouveau, je fis de même et, bizarrement, cela m'apporta du réconfort. Au fil du temps, cette lecture réussissait là où ma volonté avait échoué, comme affirmé par le religieux. Ô miracle ! Après avoir fini les quatre Évangiles, mon goût pour l'alcool s'était évanoui. Cela fait maintenant vingt ans que je n'ai plus absorbé un seul verre de vodka ou autre. Tous mes collègues et mes supérieurs se demandèrent comment j'avais fait pour changer ainsi. Je fus réadmis dans le corps des officiers et, trois ans plus tard, je rencontrai une magnifique hongroise pour qui je démissionnai de l'armée de Sa Majesté le Tsar pour émigrer en Hongrie et m'y marier. Dans l'armée autrichienne, ensuite, je fus remarqué et récompensé par des galons jusqu'à celui de capitaine. Mon épouse aide les pauvres chaque fois qu'elle le peut et, quand je suis trop fatigué, elle me fait la joie de me lire un morceau de cet étonnant Évangile. Nous avons un garçon qui est militaire et fera un excellent officier ».

- Cet Évangile que le religieux vous a offert est très beau. Ça valait plus de quatre roubles, dis-je après avoir écouté avec beaucoup d'intérêt son récit.

- Mais il n'était pas ainsi quand il me l'a donné, répliqua-t-il. Pour témoigner ma reconnaissance au Seigneur, je l'ai fait décorer avec de l'or massif et je le porte continuellement sur moi.

- J'ai connu un cas un peu similaire à Smolensk où je suis né. Il y avait là un excellent ouvrier forgeron qui buvait abondamment et n'avait plus, parfois, toute sa tête. À contre-cœur, son patron finit par le congédier. Orphelin, le pauvre garçon chut dans la misère. Je n'ai jamais su comment il rencontra un homme pieux qui lui conseilla de réciter trente-trois « Notre Père » et autant de « Je vous salue Marie », un nombre correspondant à l'âge du Christ au moment de sa mort, chaque fois qu'il se sentirait harcelé par l'envie de s'adonner à la boisson. Il suivit le conseil et, au bout de trois mois, ce vice ne le tourmenta plus. Deux ans plus tard, j'appris qu'il avait rejoint une communauté de moines.

- Qu'est-il de plus saint ... l'Évangile ou le « Notre Père » ? S'enquit le capitaine.

- Selon moi, le plus important est d'avoir foi que Dieu œuvre au-delà.

Voyant la fatigue dans les yeux du capitaine, je suggérai :

- Igor, il serait sage de nous reposer à présent.
- Tu as raison, Lyov. Il est tard.

Il appela un soldat qui me conduisit jusqu'à la petite tente dressée pour moi. Le matelas disposé sur le sol était une attention qui me toucha. Certes, ces gens ignoraient que je ne savais plus à quoi ressemblait le confort, même rudimentaire.

Comme à mon habitude, je me réveillai tôt le matin. Il régnait encore dans le campement un silence de mort. J'ouvris la Philocalie pour m'emplir de la sagesse des Pères, un ravissement dont j'avais été privé depuis une semaine environ. Par ce biais, j'avais l'impression de retrouver l'âme des ancêtres. Théolepte de Philadelphie, qui fut à la fois un théologien, un ascète et un évêque, y proposait de se livrer à trois niveaux d'activité : nourrir son corps, emplir sa pensée d'une sainte lecture et prier avec l'esprit. Cela tendit à m'aider à comprendre la différence entre pensée et esprit.

Entendant soudain des voix et des va-et-vient dans le campement, je sortis de ma tente et m'enquis auprès d'un soldat, grâce à ma connaissance basique de l'autrichien, de ce que le capitaine était déjà levé ou encore endormi. Constatant que je ne parlais que peu sa langue, il me fit signe de le suivre. Devant la tente du capitaine Orekine, je dus attendre cependant la permission d'entrer.

Il me reçut avec bonhomie et m'offrit de prendre avec lui un bol de thé au lait et des brioches. Un délice auquel je n'aurais plus droit pour longtemps sûrement. Je louai le Seigneur de pourvoir aussi magnifiquement.

Il voulut me donner trois thalers que je refusai pour ne pas avoir l'air de mendier. Mais il insista :
- Prends-les donc, Lyov ! Cela ne compensera pas évidemment le vol de tes douze roubles.

Je le remerciai et pris congé après une chaleureuse poignée de main. Sur la route en direction de Graz, je repensai à ces pauvres déserteurs qui seraient peut-être fusillés ou jetés en prison pour un long moment. Via une ardente prière, je suppliai Dieu de les épargner et de leur donner une chance de se racheter. Quant à moi, je les bénissais ; vu qu'ils m'avaient permis de rencontrer le capitaine Orekine dont l'histoire avait affermi, plus encore, ma foi en la sollicitude du Seigneur envers ceux qui l'appellent. N'est-il pas écrit dans l'Évangile : « Frappez à la porte et elle s'ouvrira » ?

-13-

Je parcourus vingt verstes (21 km) d'un pas alerte, malgré mon petit handicap ; puis je m'engageai sur un sentier et ralentis ma marche, de façon à pouvoir étudier l'autrichien parallèlement. Celui-ci traversant une petite forêt, j'y avisai un vieux hêtre sous lequel je m'assis. Dans cet endroit paisible, que le pépiement des oiseaux et le vent dans les feuillages rendait toutefois moins monotone, je continuai mon apprentissage de la langue et je lus aussi quelques réflexions des Pères dans la Philocalie. Cela m'incita à réciter la prière de Jésus avec ferveur durant une heure. Lors de la pause ensuite, je culpabilisai de ce que je me consacrais beaucoup moins à celle-ci et, partant, de ce que je délaissais le Seigneur. Pour relaxer mon mental, je m'adonnai à la contemplation de la flore des champs – un merveilleux don de Dieu – des abeilles et autres bourdons butinant le pistil des fleurs, du soleil inondant le ciel, aujourd'hui, d'un beau bleu azur. Des beautés naturelles qui témoignaient de l'Amour et de la Gloire du Divin. En s'épanouissant, ma spiritualité me permettait un meilleur accès à la subtilité de la nature, plutôt que de me contenter d'une basique observation à l'aide de mes sens objectifs uniquement.

Alors que je reprenais ma marche sur la route, un homme m'interpella :

- Eh l'ami ! Où vas-tu ainsi ?

J'eus l'opportunité ainsi de constater que je maîtrisais de mieux en mieux l'autrichien. J'avais toujours été doué pour les langues et je possédais, de surcroît, une excellente mémoire.

- Je me laisse guider par le vent, plaisantai-je.

- Viens donc t'asseoir à côté de moi, ça reposera ta jambe apparemment malade.

- C'est pas ma jambe, mais mon pied qui me fait un peu souffrir.

J'acceptai de m'installer près de lui sur le banc étroit de la charrette. Me pliant de bonne grâce à sa curiosité, nous conversâmes de banalités.

- T'es pas d'ici, lança-t-il.
- Non, je suis Russe. Je traverse seulement l'Autriche.
- Et tu vas vers où ?
- Je t'ai dit … là où le vent me pousse.

Il n'insista pas. Il m'apparut très terre-à-terre et être, partant, à l'opposé de ma nature. Cette distance entre nos façons de penser fut la cause de grands silences et d'un affadissement de la sympathie, somme toute superficielle, du début. Il me déposa à Graz. Je le remerciai de m'avoir rapproché et pris la première avenue devant moi. Tout en le bénissant en moi-même, je demandai pardon au Seigneur pour mon jugement hâtif sur ce pauvre homme. Avec les trois thalers donnés par le capitaine Orekine, j'achetai du pain et du fromage. À une fontaine publique, je pus aussi remplir mon outre d'eau fraîche.

Au bout de trois mois ...

-14-

À raison de trente verstes par jour environ (32 km), j'avais atteint la ville d'Udine en Italie. Je me retrouvais à présent dans un autre environnement et au sein d'un autre peuple. Après une première demi-journée dans ce pays, j'éprouvais une sensation de bien-être ainsi que celle d'y avoir vécu lors d'une vie passée. Mon dernier bout de pain consommé, et sans le moindre kopek désormais, je devais me satisfaire de la compagnie de l'indigence. Je craignais donc de m'affaiblir et de m'affaler soudain sur la chaussée de cette charmante ville. Une chose que je n'avais jamais osé faire jusque-là, je m'assis près du porche d'une église et tendis la main. À la sortie de l'office, une personne se pencha vers moi et prononça des paroles incompréhensibles. Suite à mes gestes visant à l'informer de ma totale méconnaissance de sa langue, elle s'efforça de me faire comprendre de l'attendre là. Puis elle s'éloigna et d'autres personnes mirent dans ma main des pièces de monnaie dont j'ignorais évidemment la valeur.

Un moment plus tard, la femme revint avec une miche de pain, du fromage et des fruits. En guise de remerciement, je joignis mes deux mains. La lumière de son beau sourire baigna délicieusement mon cœur. Un tel accueil semblait indiquer que je ne serai pas considéré en ce lieu comme un vulgaire vagabond.

Riche d'une dizaine de piécettes, je me décidai à pénétrer dans une boutique de journaux vendant aussi des livres. Toujours à l'aide de signes, je tentai de spécifier au marchand l'objet de ma recherche, à savoir un livre écrit en italien.

- Vous n'êtes pas italien, c'est ça ? Répondit le commerçant en associant des signes à ses paroles.

Je fis oui de la tête et pris un livre au hasard sur les étagères dont je demandai le prix au boutiquier en posant sur le comptoir toutes les pièces que j'avais récoltées. Il en garda deux et me rendit les autres. Je bénis son honnêteté avec mes mains et d'une manière la plus explicite possible.

Assis sur l'un des bancs d'un petit jardin de cette jolie ville, j'essayai de m'acclimater à cette langue. Si, pour l'heure, je n'en connaissais un piètre mot, j'avais confiance en ma capacité à réussir à en percer le mystère.

Je quittai Udine en direction de la campagne environnante pour m'y allonger dans un pré et prier le Seigneur. « Pardon Seigneur Jésus-Christ de t'avoir négligé », murmurai-je. N'avait-il pas pourtant fait fi de ma paresse spirituelle et pourvu admirablement ? Lisant bien sûr en mon cœur, il n'ignorait pas la force de ma foi pour lui.

À l'abri dans un bois ensuite, et à l'écart du sentier, mon intention était de demeurer là le temps nécessaire d'une purification via la prière de Jésus. J'aspirais à me sentir en communion avec sa Lumière et à retrouver l'époque où il emplissait mes journées, du lever au coucher. Grâce à la récitation de l'oraison « *Seigneur Jésus-Christ, aie pitié de moi !* » en accord avec ma respiration, un doux apaisement et une exquise félicité prirent possession de mon être. Je me livrais en outre à une petite gymnastique quotidienne, en vue de désengourdir mes jambes et de m'éviter un mauvais rhumatisme. J'allais aussi effectuer un brin de toilette dans le torrent tout proche. N'ayant pas le moindre petit miroir, je regrettais de ne pas pouvoir vérifier l'état de mon visage et de ma chevelure assurément emmêlée. Je me souvenais qu'on flattait, lors de mon adolescence, mon regard bleu et vif ainsi que ma chevelure épaisse couleur châtain roux. Le soir venu, je m'allongeais sur ma couche de fortune en attendant le sommeil et la pensée tournée vers le Seigneur. Si les nuits étaient froides en ce mois de février 1815, la température hivernale ici n'avait rien de comparable avec celle de la Russie à la même époque.

Après trois jours dans cette retraite spirituelle, je consultai la carte et décidai de sortir du bois pour marcher en direction de Venise. J'accélérai le pas pour rattraper le temps perdu, même si je ne me trouvais guère contraint d'arriver à Rome le plus tôt possible. Je suivis un petit chemin de campagne qui m'amena à longer une forêt de laquelle j'aperçus soudain un gros chien courant vers moi. Mon sang ne fit qu'un tour, conscient de mon inaptitude à affronter un tel molosse. Or, à peine fût-il près de moi, il s'approcha de mes jambes et parut requérir quelques caresses que je lui accordai bien volontiers. « Merci mon Dieu », pensai-je. Je subodorais qu'il s'agissait du chien d'un berger ou autre chasseur. « Peut-être celui-ci acceptera-t-il de me céder un bout de pain et de me donner à boire », murmurai-je. L'animal tourna deux ou trois fois autour de moi avant de repartir vers le bois, puis de s'y enfoncer. J'en fis de même et le vis tout à coup couché sur le sol non loin d'une cabane en bois et, apparemment, en bon état. Comme il aboyait à mon arrivée, un individu au visage émacié et très ridé en sortit illico.

- Oh, l'étranger ! Qu'est-ce tu viens faire ici ?
- Italien ! lançai-je en accompagnant ce mot de gestes, de façon à prévenir cet homme que je ne parlais pas sa langue.
- Ah, tu parles pas italien ! Toi, quel pays ? Rétorqua-t-il en usant pareillement du langage des signes.
- Russie, répondis-je en autrichien.
- Parlerais-tu autrichien par hasard ? Dit-il dans cette langue.
- Ah oui ! Toi aussi visiblement.
- Oui, ma mère était autrichienne et je suis un émigré, comme toi, dans ce pays. Comment tu es arrivé jusque-là ?

- J'ai décidé un jour de voir le monde, rétorquai-je simplement.

Je m'abstenais de confier à quiconque le but que je m'étais fixé suite à une intuition.

- En voilà une drôle d'idée ! Lâcha-t-il en riant.

À la place des dents, le pauvre homme avait des chicots d'une couleur jaune noir qui ne devaient guère rendre aisée la mastication des aliments.

- Drôle ? Répétai-je, vu que je ne connaissais pas ce terme.

- Oui, bizarre si tu préfères.

- Ah, d'accord !

- Écoute, si tu en as assez de vagabonder, tu peux vivre ici. Il y a une vieille cabane pas loin qui est libre pour quelques mois. Elle est en mauvais état, mais on peut la retaper si ça te dit.

- Oui, je veux bien. Tu pourras alors m'aider à parler italien.

- Bien sûr, pas de problème ! On m'apporte du pain chaque semaine. Je t'en céderai un bout. Tu pourras puiser de l'eau dans le ruisseau. Voilà dix ans que je mange que du pain et que je bois que de l'eau.

- On peut survivre avec ça, répliquai-je. On va voir la cabane ?

- T'as raison, je parle trop. Allez, on y va ! Quel est ton prénom ?

- Lyov et toi ?

- Jens.

Il me conduisit vers cette habitation dont les planches vérolées, par endroit, laissaient passer le jour et l'humidité. En pénétrant à l'intérieur, je fus rebuté par une détestable odeur de moisi qui m'aurait fait vomir si je n'avais eu l'estomac désespérément vide. Jens me proposa derechef de rafistoler la bicoque, ce dont je le remerciai sans le moindre enthousiasme cependant.

Cela nous prit deux jours. Satisfait de son travail, Jens s'exclama :

- Te voilà installé, mon ami. À l'automne, il y aura ici sept ou huit ouvriers pour la coupe des arbres. Ils mettent leurs outils dans cette cabane. Alors, tu devras t'en aller.

- Je n'ai pas l'intention de m'éterniser de toute façon, déclarai-je.

- Il y a aussi une rivière à deux cents mètres là-bas (il montra la direction avec son index) si tu veux te décrasser le matin. Évidemment, l'eau est un peu froide toutefois.

- Oui, j'en ai bien besoin. Pour l'eau froide, ce n'est pas un obstacle.

Jens parti, je me fabriquai un matelas avec des petites branches de pin grâce à la hache que celui-ci m'avait prêtée. Puis je m'efforçai de rendre l'habitation plus vivable. Heureusement, j'étais habitué à l'inconfort, voire aux pires conditions. Pendant ces trois mois d'été, j'envisageais de me consacrer à la prière et à l'apprentissage de l'italien, une opportunité que le Seigneur avait décidé visiblement de faire venir à moi.

Pour combattre la faim, je lus plusieurs passages de la Philocalie. Le visage de feu le starets Isaak me revint aussi à la pensée. Certes, sa sagesse et la justesse de ses conseils me manquaient. Me remémorant également cette grande bonté dont il avait toujours fait preuve à mon égard, je priai pour que son âme se délectât des délices d'un jardin aux excellentes senteurs et niché dans un écrin baigné d'une lumière joliment irisée.

Le lendemain, Jens frappa à la planche de bois accrochée à des charnières rouillées qui faisait office de porte.

- Entre ! dis-je en autrichien.

- Tiens, Lyov, je t'apporte du pain et de l'eau. J'ai aussi un livre pour enfants en italien. Je vais te donner ta première leçon si tu veux.

- Merci beaucoup pour tout, Jens. Je veux bien une leçon, répondis-je en découpant un morceau de la miche de pain.

- Tu n'as rien mangé depuis quand ? S'enquit-il.

- Deux ou trois jours au moins.

- Bon, je t'apporterai quelques fruits avec plus de pain.

- C'est très aimable à toi, Jens.

Il m'apprit donc les rudiments de l'italien sans s'étendre sur les règles de grammaire qu'il ne devait guère connaître selon moi. J'aimais les sonorités de cette langue qui ne m'apparaissait pas si difficile à apprendre. Après une heure d'enseignement environ, ayant montré d'ailleurs un vrai talent de pédagogue, il chercha à savoir :

- Tu faisais quoi en Russie ?

- J'étais paysan et, un matin, j'en ai eu marre et j'ai tout plaqué pour découvrir le monde.

- Comme ça … sur le coup d'une lubie ! S'étonna-t-il. C'est pas facile de tout laisser pour devenir vagabond.

- Je l'ai décidé ainsi et j'assume mon choix. Et toi, quel est ton parcours ?

J'avais choisi cette échappatoire pour ne pas lui raconter ma vie, ma foi et comment j'en étais arrivé réellement à partir sur les chemins.

- Mon parcours ? Je suis né dans la petite ville de Karnten en Autriche dans une famille très modeste. À treize ans, je suis devenu apprenti teinturier d'étoffes, puis ouvrier qualifié et je me suis établi enfin à mon compte. Je vivais pas dans la pauvreté, surtout que je trompais souvent les clients sur le prix. J'étais aussi quelqu'un de grossier, querelleur et qui aimait boire. Marié avec une femme croyante, qui me donna deux filles, on recevait régulièrement un religieux. Il restait chez nous deux ou trois heures à lire à ma femme des passages sur le Jugement Dernier, car elle aimait beaucoup entendre parler des tortures de l'enfer, de la résurrection des morts, du Jugement de Dieu, des anges soufflant dans des trompettes pour annoncer de terribles événements, etc. À force d'écouter ces choses, je me mis à craindre les tourments qu'on endure après la mort. Aussi, pour m'éviter ces horreurs, j'arrêtai mon métier, quittai femme et enfants et m'en allai là où on ne me retrouverait pas. J'ai franchi la frontière et marché jusqu'ici où un riche propriétaire m'a embauché comme garde forestier. J'ai appris l'italien sur le tas comme tu le fais. Depuis dix ans maintenant, je mange du pain, des fruits et je bois de l'eau. Je n'exige de mon employeur qu'un abri, de quoi me vêtir, cette nourriture et des bougies pour ma prière. Je me lève au chant du coq, j'allume une bougie et je récite une longue invocation devant l'icône du Christ en me prosternant jusqu'à terre. Ici, au moins, je peux vivre en dehors de tout péché.

Tout en écoutant le récit de cet homme, grâce auquel je pus réaliser ma bonne connaissance de l'autrichien, j'observais son visage aux joues creuses, son regard vert abrité derrière d'épais sourcils et sa peau lacérée par de profondes rides. La mine grave, celui-ci continua de s'épancher :
- Brusquement, des pensées de doute ont commencé à torturer mon mental et je ne parviens plus, à présent, à les chasser de ma tête. En repensant à ces choses que le religieux nous lisait, je m'interroge : « Comment l'homme peut-il ressusciter ? ». Le corps finit par devenir poussière et il ne reste rien de lui après quelques années. Concernant le Jugement Dernier, c'est à mon avis une invention des religieux pour effrayer les imbéciles et les amener à croire. Est-ce qu'autre chose nous attend après la mort et est-ce qu'on tombe pas dans le néant plutôt ? Ceux qui prennent du bon temps ici-bas et qui ne se tracassent pas inutilement sont sans doute les plus lucides. Naturellement, ces pensées m'éloignent du Seigneur et j'avoue avoir du mal à bien prier parfois.

Cette âme égarée peinait mon cœur. Effectivement, n'ayant pas su se détourner du Tentateur, Jens était en proie à un immense doute. Aussi marchait-il aujourd'hui en dehors de ce chemin de foi qu'il avait eu, pourtant, le courage de suivre. Certes, le Malin guette les âmes vulnérables qu'il se plaît à faire choir dans ses piètres ténèbres. Par conséquent, soucieux d'aider ce frère, je sortis la Philocalie de mon sac et l'ouvris au chapitre du Bienheureux Hésychius dont je lui lus les pensées en m'efforçant de les traduire au mieux en autrichien. Je lui expliquai ensuite que la crainte du châtiment de Dieu ne sauve en rien une âme, vu qu'elle ne peut espérer le salut qu'en faisant preuve de vigilance, et ce, afin de ne pas souscrire à une vie pécheresse. Il est indispensable de prier en permanence si l'on veut avoir une chance d'entrer dans le Royaume du Christ après la mort. Puis j'ajoutai :

- Les Pères comparent une personne qui s'engage sur la voie ascétique, par crainte seulement des tortures de l'enfer, à un mercenaire. Ils allèguent que la peur des tourments est celle de l'esclave et que l'attente d'une récompense est celle du mercenaire. Or Dieu veut que nous nous comportions comme ses enfants, que nous fassions confiance en son Amour ; ce qui nous amène forcément à désirer vivre dans le doux giron de sa Lumière.

Après une brève pause, je poursuivis ma petite leçon spirituelle :

- La volonté ne suffit pas pour éloigner les pensées destructrices. Il faut que Dieu habite notre cœur. La prière de Jésus nous y aide. Sinon le péché guette le moment de corrompre notre esprit.

- Qu'est-ce que cette prière de Jésus ? S'enquit Jens.

- Elle n'est guère compliquée. Voici les paroles pour la dire : « *Seigneur Jésus-Christ, aie pitié de moi !* ». Il est impératif de la réciter avec une foi sincère ou bien son impact est stérile et on ne bénéficie jamais de la bonté du Seigneur. En la disant, au contraire, avec une foi sincère, on sent notre cœur progressivement animé par l'Amour de Jésus-Christ. Ainsi on voit la vie, les gens et tout ce qui nous entoure autrement.

- Je crois pas pouvoir arriver à ça, avoua humblement Jens.

Je lui expliquai donc la façon de bien réciter cette prière.

- Bon, je vais m'escrimer à prier comme tu l'as dit. On verra bien si ça me guérit de mes doutes et de mes peurs, déclara-t-il.

Nous nous séparâmes et je pus enfin me consacrer à mon travail spirituel. J'éprouvais l'impérieux désir de me réfugier dans le silence et de retrouver, par lui, le chemin de la Lumière roborative du Seigneur.

-15-

La reprise des oraisons consola mon être qui ne s'était plus baigné de la sainte Lumière du Seigneur depuis que les aléas du quotidien l'avaient éloigné d'elle. Pourtant pareille à un tombeau, cette cabane m'apparaissait maintenant plutôt agréable.

Jens continuait de m'apporter chaque jour du pain, quelques fruits et de me donner une leçon d'italien, mais il ne bavassait plus. Il me confia par contre : « Tu apprends vite. Tu sais déjà dire beaucoup de choses en italien ». Aussi lui demandai-je de ne parler que cette langue désormais.

Ayant terminé la Philocalie, je réalisais pleinement la sagesse et la haute spiritualité des Pères. J'envisageais de l'approfondir ultérieurement, conscient de n'en avoir pas saisi parfois la substantifique moelle. Je relus aussi les exhortations de l'apôtre Paul dans la lettre aux Thessaloniciens. La signification réelle des paroles suivantes : « Cherchez les dons les plus parfaits » ou « N'éteignez pas l'esprit » demeurait abstraite et, partant, inaccessible à ma petite intelligence. Aussi demandai-je au Seigneur de m'accorder la grâce d'un éclaircissement.

Durant mon sommeil, j'avais vu en rêve le saint starets et reçu l'explication suivante : « La Philocalie est un trésor de sagesse et un puissant enseignement spirituel qui possède la particularité de contenir plusieurs niveaux de compréhension ; ce qui permet à ceux spirituellement aguerris d'en saisir la profondeur et à ceux qui le sont moins de n'en appréhender que les principes superficiels ». Il m'avait précisé aussi : « Un bon apprentissage de la prière intérieure perpétuelle passe par la lecture du livre de Nicéphore, spécialement la deuxième partie, celui de Grégoire le Sinaïte en entier, les trois façons de prier et le traité sur la foi de Syméon et, enfin, le livre de Calliste Xanthopoulos ».

L'étonnante clarté de ce rêve m'avait donné l'impression d'avoir revu le starets Isaak en chair et en os. Alors que je recherchais dans la Philocalie les textes de ces auteurs, dont il m'avait indiqué les noms, une main occulte parut m'aider à tourner les pages et à les trouver.

« Ne suis-je pas le jouet de mon imaginaire qui me fait croire en une instruction par une personne morte et dont l'âme est sûrement indifférente à mon sort ? », me dis-je. Il me vint ensuite à la pensée que mon imaginaire ne pourrait avoir autant de science.

Dans la journée, après avoir été occupé à prier un grand moment, j'ouvris les yeux et fus frappé de trouver la Philocalie ouverte à la page de Calliste, le Patriarche de Constantinople. Je me souvenais bien pourtant l'avoir refermée et posée près de moi. Cet événement eut pour conséquence de stimuler ma foi en la vérité de l'assistance de l'âme du saint starets. Cela m'incita également à pratiquer avec zèle l'enseignement de ces Pères dont il m'avait recommandé la lecture. Je réalisais que je n'avais accompli que de manière sommaire la prière intérieure et que j'avais cru seulement être en communion avec la Lumière du Seigneur. À présent, je ressentais le plein bienfait de la prière intérieure en mon être … une béatitude inspirée vraiment par Dieu.

Je relus un passage de la réflexion spirituelle de Saint Siméon le Nouveau Théologien :
« Ferme les yeux et dirige ton regard à l'intérieur de toi, puis de plus en plus profondément. Ainsi tu trouveras la mystérieuse porte menant vers la Lumière du Créateur ».

M'attelant à plonger au tréfonds de moi, je n'y perçus, de prime abord, que ténèbres. En me laissant porter à la manière d'une brindille par le courant de la rivière, je vis soudain un halo bleuté.

Le lendemain, après que Jens m'eût porté mon pain quotidien et permis d'échanger en italien avec lui, je pus effectuer tranquillement ma méditation silencieuse jusqu'à presque m'endormir. Cela n'était plus la prière de Jésus, mais un plongeon à l'intérieur de moi que je réussissais plus ou moins bien. De ne pas invoquer la pitié du Seigneur me manquait.

La récitation de la prière de Jésus avec un total lâcher-prise permit une harmonie avec la pulsation de mon être. Je communiais ainsi de mieux en mieux avec le Seigneur et son divin Amour. Sa déclaration : « Le Royaume de Dieu est en vous » prit, dès lors, une signification toute particulière. Quant aux effets, ils s'avéraient multiples : un merveilleux calme intérieur, une infrangible foi en Dieu, une solide protection contre tout assaut du Malin, un début de sagesse.

Je relus la réflexion de Maxime le Confesseur sur la division tripartite de la vie spirituelle en essayant de percer sa profondeur au-delà des mots : « La raison ne s'occupe que de Dieu seul. L'intelligence est l'interprète des choses, elle chante leurs louanges et réfléchit aux voies qui, en les unissant, mènent à elles. La sensibilité anoblie par l'intelligence reflète les forces et les activités dispersées dans le Tout, elle révèle le sens caché des choses ».

Je vivais depuis cinq mois dans cette cabane, une halte propice à mon aguerrissement spirituel en somme. Je louai la bonté de Jens et remerciai aussi le Seigneur de m'avoir désigné pour aider cet homme à sortir de ses petites ténèbres.

Chapitre 2

Septembre 1815

-1-

Le moment de la coupe arriva. Prévenu la veille, je ne fus pas surpris de voir une dizaine de bûcherons envahir les lieux. Je quittai donc la cabane avec mon sac sur le dos et effectuai un détour par le petit domaine de Jens qui tint à me céder une miche de pain et des fruits. Nous nous fîmes une accolade et, par un des sentiers traversant le bois, je rejoignis la route de Trévise. Suite à ce confinement de cinq mois, j'éprouvais l'envie d'accomplir une longue marche. Malgré mon pied bot, je menais bon train et parcourus quarante verstes (42,6 km) en une journée. Je m'en tenais à une simple récitation de la prière de Jésus que j'associais au mieux à ma respiration. Je constatais combien cette dernière constituait un merveilleux exutoire et combien elle aidait à oublier la fatigue ou la douleur.

À présent, une onde de bonheur enveloppait mon être. « Quelle admirable bénédiction ! », m'exclamai-je. Moi, l'invétéré pécheur, j'allais avec confiance vers cette destination finale soufflée par mon intuition. Nul doute que le Seigneur l'avait déposée en mon cœur. D'ailleurs, j'avais l'impression, parfois, que deux bras invisibles me tenaient sous les aisselles pour m'éviter de m'affaler et de cesser brusquement cette pérégrination. « Le dessein de Dieu pour chaque être humain est un grand mystère », pensai-je.

-2-

Tandis que je passais par un bois, vu que j'empruntais le plus souvent possible des petits chemins de traverse, un loup aux crocs imposants me barra la route. Pétrifié par la peur, mon cœur se mit à battre fortement dans ma poitrine. Aussi n'arrivai-je à rien faire d'autre qu'à fixer son regard luisant de cruauté. Qu'aurai-je pu entreprendre, d'ailleurs, pour empêcher cette créature du diable de me sauter à la gorge et de dépecer ensuite ma pauvre carcasse. D'instinct, j'en vins finalement à lui jeter sur la tête ce rosaire que je gardais toujours dans ma poche droite. Ô miracle ! Celui-ci s'enroula autour du cou de l'animal qui s'enfuit, tel un démon chassé par le saint chrême. Je le retrouvai un peu plus loin en train de gémir de douleur dans un trou où de grosses épines d'acacia lui lacéraient le corps. Quoiqu'une création de Satan, j'eus pitié de ses geignements aigus. Son regard paraissant moins agressif, je m'approchai de lui et entrepris d'écarter les ronces avec un gros bâton en prenant garde de ne pas me planter une des horribles épines dans la main. Libéré enfin, l'animal se sauva sans la moindre manifestation de reconnaissance. Je récupérai le rosaire miraculeusement accroché à la branche d'un arbuste tout en remerciant le Seigneur d'avoir daigné m'épargner une fin abominable.

Arrivé à Trévise, j'entrai dans une auberge pour y demander le gîte et le couvert, ayant observé la générosité, en général, des gens de ce pays.

- Va plutôt demander l'hospitalité au curé. C'est son devoir que d'aider les vagabonds ! Lança l'aubergiste d'une voix forte.

J'étais si gêné que j'aurais aimé pouvoir rentrer sous terre. La réflexion de ce dernier, que sauf à être sourd on ne pouvait qu'entendre, incita un homme entre deux âges à venir vers moi :

- Qu'y a-t-il mon brave ? Tu es sans le sou et tu as faim et froid ?

J'opinai de la tête en baissant le regard.

- Viens donc t'asseoir à notre table. Qu'on serve à manger et à boire à cet homme, je vous prie.

- Mais monsieur l'instituteur …

- Monsieur le tavernier, n'ai-je pas été assez clair ?

- Si, si, monsieur l'instituteur.

La fonction d'instituteur conférait visiblement à cet homme un statut digne de respect.

- Je m'appelle Paolo Moretti et toi ?

- Lyov Bobrik. Je suis Russe.

- Russe ? Et tu as fait tout ce chemin à pied ?

- Oui. Je ne suis pas un vagabond, mais un pèlerin.

- C'est du pareil au même, intervint l'autre individu assis à la table.

- Non, mon cher Ugo, cet homme a raison de faire cette précision. Car, en effet, un pèlerin n'est point un vagabond. C'est souvent un homme de foi. Serais-tu religieux ?

- Je n'exerce pas la profession de religieux. Je marche sous l'égide de Dieu cependant.

- Je ne saisis pas bien, mais ce n'est pas grave. En tout cas, tu parles très bien l'italien. Où l'as-tu appris ?

- À Udine avec un bon professeur et en lisant deux livres.

- Là, vois-tu, je suis sidéré. Je vois que tu es un homme très intelligent.

- Vous êtes trop bon, monsieur Moretti.

- Appelle-moi Paolo et tutoie-moi je te prie. Je te présente Ugo Bianchi, greffier du juge de paix de son état.

Le sieur Bianchi, plus jeune, corpulent et le regard marron foncé souligné par des poches de couleur bistre, hocha de la tête.

- Enchanté, monsieur Bianchi.

- De même, monsieur ...

- Bobrik. Appelle-moi donc Lyov et pauvre vagabond si tu préfères.

- Je te prie de m'excuser pour ma remarque insultante, Lyov.

- Je te pardonne bien volontiers.

Après un bon repas pour lequel je remerciai humblement l'instituteur, je me mis à réparer mon rosaire en écoutant mes hôtes converser sur divers sujets.

- Ce chapelet m'a l'air en triste état et bon à jeter, dit le greffier.

Cet individu avait finalement la manie de l'insolence et un tempérament arrogant.

- C'est un rosaire et non un chapelet, osai-je.

- C'est la même chose non ?

- Sais-tu ce qu'est vraiment un rosaire ?

- Bien évidemment ! Je suis au fait des outils religieux.

- Un rosaire n'est pas un outil, mais un support de prière et celui-ci a reçu la bénédiction d'une personne très sainte.

- Bon, bon ... et qu'est-il arrivé à ton saint rosaire ?

- Ce saint rosaire m'a sauvé de l'attaque d'un loup et, en fuyant, cet animal l'a cassé.

- Tiens donc ! Les loups font des prières maintenant ! S'amusa le greffier.

Son propos sarcastique m'agaça. Pourtant, je m'abstins de lui dire le fond de ma pensée. Alors que j'aurais dû me taire, je contai à ces deux hommes comment un loup s'était mis en travers de mon chemin et par quel biais je l'avais fait fuir. Le prétentieux greffier railla ensuite ma dévotion religieuse et déclara en riant :

- Les crédules voient en tout des miracles. Il n'y a rien de si mystérieux dans ton histoire. Tu as lancé un objet à un gros chien, que tu as confondu avec un loup, lequel a pris peur. Voilà tout ! Quant à sa chute dans un bosquet d'acacia, cela n'a rien d'extraordinaire.

L'instituteur avait écouté cet échange sans mot dire. En levant soudain ses sourcils blonds et fins sous lesquels pointaient deux yeux clairs d'une grande vivacité, il s'adressa à son ami Ugo Bianchi en ces termes :

- Tu ne devrais pas parler ainsi, Ugo. Ton jugement est défaillant, car l'histoire de Lyov contient un mystère spirituel selon moi.

- Qu'en sais-tu ? Questionna le greffier.

- N'as-tu pas reçu le petit enseignement religieux dispensé par toutes les écoles de notre pays ?

- Oui, sans doute. Je n'en ai pas le souvenir.

- Alors, écoute ceci : « Quand Adam était encore dans un état d'innocence, tous les animaux lui étaient soumis. En s'approchant de lui, ceux-ci éprouvaient même de la crainte ». Je crois, moi, à ce que nous a dit Lyov concernant la sainteté du religieux qui lui a légué ce rosaire. La sainteté est la résurrection dans l'homme pécheur de l'état d'innocence d'Adam grâce à un effort en direction de la vertu. L'âme sanctifie le corps. Ainsi cet objet a été pénétré d'un fluide en passant par les mains d'un homme au cœur pur. C'est un mystère spirituel en effet.

- Pour les gens attirés par le religieux, tout vient de l'esprit. La sainteté est la gloire à atteindre. Se verser un petit verre et le boire, voilà quelque chose qui donne réellement de la force, déclara le greffier en joignant le geste à la parole.

- Garde ton idée si cela te plaît, mais, par pitié, laisse-nous croire à ce qui est grand et universel, répliqua Paolo Moretti.

Ces paroles de l'instituteur m'avaient plu. J'étais heureux d'entendre qu'un homme instruit n'était pas hostile au spirituel et, en final, à Dieu. Ainsi j'en vins à évoquer les explications du starets sur certains passages de la Philocalie et, aussi, qu'il m'était apparu deux fois en songe après sa mort. Si Paolo Moretti avait écouté avec attention mon propos, Ugo Bianchi avait marmonné, quant à lui, dans sa barbe avant de s'endormir sur sa chaise. Ayant tiré la Philocalie de mon sac, je la montrai à l'instituteur et lui indiquai les instructifs passages sur la prière intérieure. Il en lut deux et dit :

- Je ne connaissais pas ce traité de théologie.

- Ce n'est pas un traité de théologie, cher Ugo, mais un enseignement des Pères, vingt-six exactement, sur la prière perpétuelle.

- Est-ce une prière que l'on répète en soi-même ?

- En quelque sorte.

- Dans le Nouveau Testament, j'ai lu un paragraphe sur le mystérieux mouvement de la Création, sur le désir des âmes et sur le fait qu'il faut prier sans cesse. C'est une chose difficile, n'est-ce pas ! En outre, il est impossible de prier tout le jour en travaillant.

- C'est un fait. Pour se consacrer à cette prière, il faut changer de vie et décider de s'y consacrer totalement en vivant de façon humble.

- Comme un ermite en somme.

- Pas obligatoirement. En tout cas, il faut vivre différemment.

Paolo Moretti tira d'une de ses poches un carnet, auquel était accroché un petit crayon, et nota « Philocalie » sur une de ses pages. Puis il lança :

- Je verrai de trouver ce livre quand j'irai à Venise. Il y a là-bas de grandes librairies. Sinon, je leur demanderai de me le procurer.

- C'est une bonne idée, répondis-je.

- Bien, il est tard à présent. Je vais rentrer chez moi et dire à l'aubergiste de te donner une chambre pour la nuit. Je m'occupe de la régler.

Après une chaleureuse poignée de main, nous nous séparâmes. Le tenancier me conduisit vers une petite chambre propre et joliment meublée. Certes, je ne savais plus à quoi ressemblait un vrai confort tant j'étais accoutumé à l'inconfort.

Allongé sur le lit, je rendis grâce pour cet intéressant échange avec l'instituteur. Je priai pour que le détestable greffier fît le pas d'ouvrir son esprit, et ce, pour le bien de son âme.

Chapitre 3

Novembre 1815

Je mis deux jours pour rallier la ville de Padoue et quatre pour arriver à Bologne. Alors que je priais dans la première église, dressée sur mon chemin, un homme en soutane s'approcha de moi.

- Pardon de vous déranger, monsieur.

Levant le regard, je répondis avec courtoisie :

- Vous ne me dérangez pas, mon père.

- Vous avez l'air d'être dans le besoin. Est-ce que je me trompe ?

- Je suis un pèlerin, mon père.

- Ah, un pèlerin ! Vous ne faites que passer alors.

- Oui et non. Pourquoi me demandez-vous ça ?

- Tout simplement parce que je peux vous offrir un salaire contre un travail.

- Quel genre de travail ?

- Monseigneur Castillo projette la construction d'une église en pierre à côté de l'actuelle en bois. Nous aurions donc besoin d'une personne pour recueillir les dons et surveiller les ouvriers. Vous en sentiriez-vous capable ?

- Oui … enfin, je ne sais pas.

- J'ai l'impression que si. Votre regard m'inspire confiance. Vous venez d'où ? Vous avez un petit accent.

- Un fort accent plutôt, rétorquai-je avec un grand sourire. Je suis Russe.

- Russe ? Et vous avez fait toute cette route à pied ?

« Encore un qui s'étonne qu'on puisse faire autant de chemin avec le simple concours des jambes », pensai-je.

- Oui. Avec l'aide du Seigneur Jésus-Christ, rétorquai-je.

- Naturellement. Il pourvoit toujours, n'est-ce pas ! Comment avez-vous appris l'italien ?

- Avec deux petits livres, quelqu'un qui m'a initié et en parlant avec plusieurs personnes.

- Je suis étonné de vous entendre le parler aussi bien. Cela confirme mon impression. Vous êtes une personne intelligente et qui s'adapte facilement aux situations. Alors, vous êtes d'accord ?

- Pour ce travail ? D'accord, mon père.

- Bon, vous aurez un salaire de dix lires par mois, vous serez nourri et vous logerez derrière le presbytère.

- J'espère que je ferai vraiment l'affaire, confiai-je.

- Je n'en doute pas, objecta le curé. Par contre, excusez cette remarque, mais il faudra vous raser et vous rendre propre. Je vous fournirai tout le nécessaire ainsi que de nouveaux vêtements.

Installé dans une petite chambre, sommairement équipée, je me demandai ce qui m'avait pris d'accepter cet emploi et de retarder, une fois encore, ma marche. Mais puisque cela était arrivé vers moi de façon impromptue, j'attribuais cet intermède à la volonté du Seigneur qui l'avait fait indubitablement dans un but précis. Comme promis, l'ecclésiastique m'apporta de quoi me raser, du savon pour le corps, tout en me permettant d'accéder à sa propre salle de bains, ainsi qu'un peigne. Grâce au petit miroir, je pus enfin voir ma bouille actuelle. Certes, mon visage était amaigri et mes cheveux blonds auraient mérité une bonne coupe. Le lendemain, le bon prêtre me fit don de vêtements à ma taille et un aimable paroissien tailla ma chevelure que je pris plaisir à peigner en arrière. « Je ressemble maintenant à quelqu'un de respectable », plaisantai-je.

La première semaine dans cette activité, je me rendis compte que je pouvais en même temps prier et méditer sur les pensées des Pères dans la Philocalie ainsi que sur la Parole de

Jésus-Christ dans l'Évangile de Jean. Sauf le dimanche, un jour où l'église était pleine de monde. Par contre, cela me permettait une bonne collecte d'argent ; vu que j'étais payé pour ça. Le soir venu, j'étais fatigué d'avoir dû faire bonne figure ainsi que la causette avec des paroissiens.

J'étais là depuis quinze jours quand mon attention se tourna vers une jeune fille, la chevelure brune et frisée, agenouillée depuis deux heures au moins. Me plaçant sur le banc derrière elle, j'eus l'indiscrétion d'essayer d'entendre ce qu'elle disait tout bas. Or je ne pus distinguer les paroles qu'elle chuchotait. Je retournai donc à ma place dans l'église. Quelques minutes plus tard, elle se releva et quitta les lieux.

Plusieurs jours durant, elle revint et nous nous saluâmes de la tête. Jusqu'à ce que je prisse le risque de la questionner :
- Pardonnez mon audace, mademoiselle. Je vous vois venir prier chaque jour. Si vous ressentez le besoin d'une aide spirituelle, n'hésitez pas, surtout, à me la demander.
- Qu'appelez-vous une aide spirituelle ? Demanda-t-elle avec un regard étonné.
Ses yeux très noirs en forme d'amande et rieurs éclairaient son visage à la peau laiteuse. Concernant son âge, je l'évaluais à dix-huit ans au maximum.
- Sur la façon de prier, par exemple.
- Je m'adresse à Dieu à ma façon. Existe-t-il une meilleure méthode ?
- Il ne faut jamais oublier de dire le « Notre Père » puisque Jésus nous a expressément enjoints à le faire. Vous connaissez le « Notre Père », j'espère.
- Oui, bien sûr, et j'oublie de le dire en effet. Je vais y penser maintenant.
- Il y a aussi une autre façon de prier, c'est-à-dire grâce à la prière intérieure que j'appelle la prière de Jésus.
- Comment faut-il procéder ?

- En prononçant ces paroles : « *Seigneur Jésus-Christ, aie pitié de moi !* ». Il est important de le répéter sans cesse si vous en avez la possibilité. Il faut aussi la dire avec une grande foi et parvenir à l'associer à la respiration. « *Seigneur Jésus-Christ* » en inspirant l'air et « *Aie pitié de moi* » en le rejetant.

- Et en faisant cela, on bénéficie de la grâce de Dieu.

- À force, on communie avec la Lumière du Seigneur. Essayez et vous me direz si cette forme de prière vous convient.

La jeune fille, qui m'avait dit s'appeler Chiara, repartit ce jour-là après m'avoir chaleureusement remercié. Comme elle ne réapparaissait plus, je subodorais qu'elle s'astreignait à mettre en pratique la prière de la façon que je lui avais indiquée. Il me rassura de la voir pénétrer dans l'église, un matin, avec un visage joliment serein.

- J'ai agi selon vos conseils, confia-t-elle. Au début, j'ai trouvé cette répétition un peu ennuyeuse ; puis, en me conformant strictement à votre instruction, j'ai ressenti une étrange joie intérieure et, maintenant, j'éprouve le désir de dire cette prière le plus souvent possible.

- Je suis heureux de vous avoir permis de prier avec bonheur. Continuez, car c'est par une pratique toujours plus fervente que vous retirerez le plein bénéfice de cette oraison.

Chapitre 4

Fin septembre 1816

J'avais passé finalement dix mois dans cette église sans jamais me lasser. Nombre de visiteurs de la nouvelle construction en cours venaient à moi pour me raconter leurs petites histoires et, parfois même, pour savoir comment retrouver des objets perdus. Les invitant donc à prier Saint Antoine de Padoue, je les voyais repartir satisfaits.

Un jour, Chiara accourut vers moi et me confia, le regard affolé, que son père avait décidé de la marier, malgré elle, à un athée disposant d'une petite fortune et que cela aurait lieu par le biais d'un simple employé de mairie, à défaut du Maire.

- Ce n'est pas un vrai mariage ça ! Ce n'est rien de plus qu'un bricolage de plus de mon père ! Lança-t-elle en criant presque et son regard à l'iris noir aussi affilé qu'un poignard.
- Tu ne peux rien faire contre sa décision, arguai-je.
- Je vais m'enfuir et ce mariage n'aura pas lieu. Voilà !
- Où veux-tu donc aller ? Les gendarmes te retrouveront. Prie plutôt Dieu avec zèle, afin qu'il change la résolution de ton père et préserve ton âme du péché. Ce sera plus sensé que ton envie de fuite.

Pendant les trois semaines suivantes, je ne revis plus Chiara. Je supposais qu'elle s'était enfin soumise à la volonté de son père. Les bruits et les va-et-vient des visiteurs tendant à me mettre de mauvaise humeur à force, je pris la décision de quitter cet endroit et de reprendre la route. Je me rendis chez le curé pour l'en informer :

- J'ai besoin de calme et, malheureusement, je me sens agressé par la venue de personnes de plus en plus nombreuses. Cela rend impossible ma concentration sur la prière. Je pense avoir accompli mon travail désormais. Par conséquent, je souhaite m'en aller. Bénissez-moi, mon père.

- Prie le soir et le matin de bonne heure. Dieu ne t'en tiendra pas rigueur. Tu manges ici à ta faim au moins et tu ne dors pas à la belle étoile. Tu m'es très utile, Lyov, car tu as le sens de la diplomatie, un bel avantage face aux donateurs, et tu es de surcroît fidèle et honnête. Participer à la construction de l'Église de Dieu, n'est-ce pas là une œuvre magnifique et meilleure aux yeux du Seigneur que ta prière solitaire ? Avec autrui, on prie plus gaiement et utilement que seul non ? Dieu n'a pas créé l'homme pour qu'il se tourne vers son dedans, mais plutôt vers son prochain. Les docteurs de l'Église étaient dans l'action et non dans la solitude. Ils prêchaient pour aider leurs semblables à sortir de leurs ténèbres et, ainsi, pour le salut de leur âme.

Quand le prêtre eut fini son sermon, j'exposai mon point de vue :

- Chacun reçoit de Dieu un don spécifique. Via le goût pour l'érémitisme, il impulse un chemin de destinée à une personne. Puisque vous avez fait référence aux saints, parlons-en ! Les vrais saints ont délaissé les honneurs pour vivre en un lieu retiré du monde et, partant, ne pas être tentés par les mauvais travers de celui-ci. Jésus-Christ a dit : « À quoi bon gagner le monde si vous en venez à perdre votre âme ? ».

- Certes, les saints sont différents du vulgum pecus, objecta-t-il.

- Mais le commun des mortels peut aussi vouloir préserver son âme de la corruption du monde.

Sur ces mots, je pris congé de ce curé un peu borné et repris la route le matin même. Au bout de cinq verstes environ (5,4 km), je fis une halte dans le premier village, du nom de

Vagno, pour y passer la nuit et prendre un repas chaud dans une auberge. Riche de cent-dix lires, je pouvais m'offrir désormais un peu de bon temps. Je m'apprêtais à passer la porte d'un modeste établissement quand je fus interpellé par un homme.

- Monsieur, je vous ai vu plusieurs fois à l'église à Padoue. Vous vous souvenez de moi ?

- Pardonnez-moi, mais j'ai vu tant de personnes là-bas.

- Ma mère est mourante. Il faut que vous veniez lui donner les sacrements.

- Je ne suis pas prêtre. Il y a lieu d'être consacré pour cela. Envoyez plutôt quelqu'un chercher le curé qui est habilité à cette tâche.

- Elle sera déjà morte, monsieur.

- Je vais prier pour qu'elle tienne jusqu'à l'arrivée du prêtre. Allez-y vous-même le chercher. Je vais dans cette auberge si vous avez besoin de moi.

J'y louai une chambre et fis ce que j'avais promis à ce pauvre homme en espérant que le Seigneur exaucerait ma demande.

Le lendemain, reposé et rassasié, il me coûtait de recommencer ma marche ; car j'avais perdu l'habitude d'affronter les intempéries, bien qu'il me serait possible de manger à ma faim, à présent, grâce à mon petit pécule. Un peu avant la sortie du village, j'aperçus Chiara en train de courir dans ma direction.

- Comment as-tu su que j'étais dans ce village ?

- J'habite ici et l'homme qui a perdu sa mère m'a confié que l'assistant du curé de l'église Sainte Germaine était là. Il vous prend pour un religieux et il vous aime bien.

- Mais comment alors savais-tu que je partirai maintenant ?

- Je lui ai dit qu'il fallait que je vous parle et il m'a révélé où vous passiez la nuit. Après j'ai simplement surveillé la porte de l'auberge.

- T'es-tu mariée finalement ?

- Ah non ! Tout est prêt pour le mariage, mais j'ai décidé de m'enfuir.

Se jetant soudain à mes pieds, elle me supplia :

- Prenez-moi avec vous et emmenez-moi dans un couvent ! Je pourrai réciter la prière de Jésus comme ça. On vous écoutera, vous, et on m'acceptera.

- Je suis un étranger ici et je ne connais aucun couvent. En t'emmenant avec moi, nous serions à coup sûr arrêtés et moi puni pour avoir détourné une jeune fille de son devoir. Écoute, rentre chez toi et feins quelque incapacité ! Cela s'appelle un pieux mensonge.

Pendant que nous étions là à discuter, j'eus à peine le temps de réaliser qu'un cheval fonçait vers nous au galop. Je fus médusé en voyant deux hommes empoigner la jeune fille, puis l'emporter dans leur charrette. Deux autres se jetèrent sur moi, me lièrent les mains et m'amenèrent dans une grange. Là, ils m'accusèrent d'être un sale type qui se plaît à séduire les jeunes filles crédules. Une heure plus tard, deux « carabinieri » me conduisirent dans la maison d'arrêt de Padoue où l'on me mit les fers aux pieds. Ayant appris que je me trouvais en prison, le curé vint me rendre visite et me consoler.

- Je prendrai ta défense en précisant que j'ai été ton confesseur et que je peux donc assurer que tu n'as jamais eu le cœur animé par le vice.

Je ne répondis rien, tant j'étais atterré et dans la crainte d'une condamnation à une longue peine de prison pour un délit que je n'avais point commis.

Juste avant la tombée du jour, je fus mené devant le prévôt, lequel avait été informé de toute l'affaire. Le père de Chiara étant présent, il le questionna :

- Ta fille a été abusée par cet homme ?

- Elle m'a affirmé que non et qu'elle est encore vierge. Ma fille n'est pas une menteuse. Alors, je la crois.

- Bien, l'affaire est jugée ! Toi, tu t'arranges avec ta fille comme tu l'entends et, quant à toi, je t'ordonne de quitter cette ville après une punition corporelle.

Je dus derechef passer la nuit, fers aux chevilles, dans un cachot insalubre. Le lendemain matin, de bonne heure, un gaillard aux bras et aux épaules, pareils à ceux d'un haltérophile, me donna le fouet. Tout en subissant ce châtiment injuste, je m'efforçai d'oublier mon pauvre corps via la répétition de la prière de Jésus. Relâché ensuite, et le dos lacéré, je comprenais mieux ce que le Seigneur Jésus-Christ avait enduré ; quoique sa flagellation avec un fouet dont les lanières étaient équipées à leurs extrémités de bouts de métal tranchants fut d'une inégalable cruauté et, de fait, sans comparaison avec la mienne.

En marchant sur le chemin, je me disais que les blessures guériraient et qu'il ne me resterait que les traces de la méchanceté des hommes. Il m'avait fallu souffrir ce petit supplice pour expier des péchés anciens sans doute. Alors que je repassais par Vagno, une femme m'interpella poliment :

- Excusez-moi, monsieur. Je suis la maman de Chiara. Je vous ai vu à l'église.

J'avais l'impression que cette femme avait attendu mon passage.

- Vous croyez en Dieu ?

- Oui, pourquoi me demandez-vous ça ?

- Parce que votre fille m'a confié avoir des parents athées et vouloir la marier à un athée.

- Chiara est une enfant très spéciale. Mon mari n'est pas très croyant, mais pas vraiment athée. Quant à l'homme qu'elle devait épouser, il n'était pas croyant en effet. De toute façon, il nous a lâchés à cause de sa fuite.

- Vous avez dit que Chiara est spéciale. C'est-à-dire ?

- Elle vit dans son monde … et puis elle marmonne toute la journée je ne sais quoi.

- Elle prie, madame.

- Elle prie ? Toute la journée !

- Écoutez, vous ne la marierez jamais avec quiconque. Amenez-la dans un couvent où elle pourra épanouir sa foi.

- Dans un couvent ? Comment savez-vous qu'elle sera heureuse dans un couvent ?

- Parce qu'elle m'avait demandé de l'y conduire avant cette affaire.

- Quelle affaire ?

- J'ai été condamné à douze coups de fouet pour avoir simplement écouté les confidences de votre fille.

- Oh, mon Dieu ! Douze coups de fouet ! Mon pauvre monsieur, je suis vraiment désolée. Voulez-vous que je vous emmène chez un docteur ? Rétorqua-t-elle avec une telle émotion dans le regard que mon cœur en fut tout retourné.

- Non, le Seigneur m'a imposé ce châtiment pour le salut de mon âme. Les plaies guériront avec le temps.

- Tenez ! Je vous ai apporté un pain et un gâteau. Acceptez ce peu, je vous prie. Et concernant Chiara, je l'emmènerai chez le curé et elle verra avec lui.

J'acceptai, puisqu'elle faisait cela avec cœur et, bien sûr, pour que je pardonne à Chiara. Elle se sauva et je repris ma marche. L'automne étant sec, j'avisai un arbre au bout d'un champ sous lequel je décidai de passer la nuit. Je réalisai qu'il me faudrait à nouveau m'accoutumer à ce style de vie. Avant de m'endormir, mon dos me faisant horriblement mal, je me servis de la Philocalie comme exutoire. L'ouvrant au trente-cinquième chapitre de Jean de Karpathos, je lus : « Parfois le disciple est livré au déshonneur et supporte des épreuves pour ceux qu'il a aidés spirituellement ». Ce petit extrait me combla. J'étais heureux, en effet, d'avoir été châtié pour le bien de Chiara. Les paroles de l'apôtre Paul remontèrent ensuite du fond de ma mémoire :

« Celui qui est en vous est plus grand que celui qui est dans le monde ». Il me vint aussi la réflexion suivante : « Il n'y a pas de tentation que l'esprit ne puisse vaincre », ainsi que celle du starets Isaak : « L'espérance en l'aide du Seigneur a soutenu les saints, lesquels n'ont pas seulement passés leur vie à prier, mais ont fait œuvre d'amour en instruisant leur prochain ». Tournant quelques pages de la Philocalie, je tombai sur un paragraphe de Calliste Télicoudas qui avait écrit entre autres : « L'activité spirituelle et les techniques d'élévation de l'âme ne doivent pas être gardées pour soi. Il convient de les dispenser pour le bien de tous. Un frère aidé par un autre ressemble à une ville bien protégée. Il faut veiller à mettre le bon grain à l'abri, de peur que le vent ne l'emporte ».

Au réveil, j'avais le cœur animé de l'envie d'arriver enfin dans cette ville qui fut, antan, le centre d'un immense empire. Les entailles que le fouet avait creusé dans ma chair me supliciaient, vu que ma chemise était collée sur elles et que je m'employais régulièrement à la décoller. Désormais, mon corps portera les stigmates de cette injustice ... même après mon trépas. Quant à mon âme, elle demeurera intacte et retirera, peut-être, la grâce d'un doux bonheur dans le Ciel.

Chapitre 5

Novembre 1816

-1-

À mon arrivée à Fagnolia, un bourg sis à trente verstes environ (32 km) de Bologne, je sentis l'irrépressible désir de communier aux saints mystères du Christ au jour consacré à la Vierge Marie par lesquels nous nous unissons à Lui spirituellement et physiquement. Je m'informai auprès d'un habitant sur la direction à prendre pour me rendre dans une église. Tout en me toisant, mine de rien – étant donné mes misérables nippes – il daigna quand même me renseigner :

- Il y en a une à Stobbio, à dix kilomètres d'ici. Vous n'avez qu'à suivre la route vers Bologne.

- Merci infiniment, monsieur. Dieu vous bénisse.

Plantant là cet individu, visiblement interloqué par ma réponse, je suivis son indication. Il pleuvait fortement ce jour-là, une pluie glacée qui mortifiait mon corps. Car je n'étais plus accoutumé à de longues heures dans le froid et à devoir supporter des habits mouillés de surcroît. Au bout de quatre heures, je vis enfin le panneau de Stobbio où l'église, visible de loin grâce à sa flèche surmontée d'une grande croix, trônait sur la place centrale. J'y pénétrai, totalement trempé, au moment des vêpres pendant lesquelles les chants religieux ravirent mon âme.

Après l'office, j'osai demander au curé s'il connaissait une auberge aux chambres d'un coût très modique. Pris de pitié par mon allure de clochard, il me conduisit vers un petit local attenant au presbytère en disant :

- Vous pouvez passer la nuit ici, mais la nuit seulement. Au matin, vous devrez partir de bonne heure. Il y a tout le nécessaire pour allumer un feu.

Son ton cassant heurta mon hypersensibilité et je m'en tins donc à un « merci » à voix basse.

Je pus faire sécher mes vêtements devant un bon feu et supplier le Seigneur de pardonner mon manque d'assiduité de ces derniers mois. En effet, je ne consacrais plus mes journées à la récitation d'oraisons comme auparavant. « *Seigneur Jésus-Christ, aie pitié de moi !* », cette supplication répétée à nouveau avec foi plongea mon esprit dans l'extase. Soudain, à la nuit tombée, une étrange douleur contracta les muscles de mes jambes. Je m'efforçai donc d'oublier celle-ci par le truchement d'une prière fervente.

Au petit matin, tandis que j'entreprenais de me lever en vue de quitter ce local, de façon à respecter la volonté du prêtre, mes jambes se mirent curieusement à manquer de force. Un individu ouvrit brutalement la porte et me tira hors de la pièce en lançant :

- Tu aurais dû déjà être parti. Allez, va maintenant !

Handicapé, je restai deux jours à côté du porche de l'église d'où le curé n'eut pas la méchanceté de me chasser. Quant aux paroissiens, ils m'ignoraient totalement. Jusqu'à ce qu'un paysan se planta devant moi et lança :

- Qu'as-tu, mon brave ? Tu as l'air de souffrir.

- Mes jambes ne me portent plus, mon pauvre monsieur.

- Vraiment ! J'ai un remède qui pourrait sûrement te guérir. Tu as un peu d'argent ?

- Ne vois-tu pas mon état de miséreux ? Je suis aussi pauvre qu'un nouveau-né.

J'avais menti « Pardon Seigneur ! » pour ne pas me faire délester par cet individu des soixante-dix lires encore en ma possession.

- Alors, tu travailleras pour moi si je te guéris.

- Je suis incapable de faire quoi que ce soit à cause de mon bras handicapé et de mon pied bot.

- Voyons, que pourrais-tu faire d'autre ? Rétorqua-t-il en plaçant sa main sous son menton.

- Je sais lire et écrire, dis-je.

- Écrire ? Eh bien, tu apprendras à écrire à mon garçon.

Le dénommé Emilio me fit transporter chez lui où il me plongea dans un bain chaud au fond d'un enclos. Dans les champs et dans des trous, il ramassa ensuite des os d'animaux de toute sorte qu'il lava et brisa en petits morceaux, puis qu'il jeta au fond d'une grande marmite préalablement enduite de terre glaise. Ayant alimenté le foyer avec de grosses bûches, il laissa mijoter cette mixture pendant vingt-quatre heures.

- Tout ça va faire un bon goudron d'os, déclara-t-il en arborant un air satisfait.

Le jour suivant, il tira du mélange un litre à peu près d'un liquide rougeâtre, huileux et à l'odeur de viande fraîche. Les os restés dans le récipient étaient passés, quant à eux, d'une couleur noire à une autre très blanche. Ils ressemblaient bizarrement à de la nacre. Comme indiqué par le paysan, je fis des frictions toutes les trois heures, et cinq jours durant, à l'aide de cette décoction. Au terme de cette période, je constatai une amélioration de l'état de mes jambes que je pus soudain plier. Me levant enfin, je parvins à marcher en m'aidant d'un bâton. Fort d'un traitement quotidien avec cette potion magique, je retrouvai, une semaine plus tard, le plein usage de mes jambes. Le Seigneur avait à nouveau œuvré magnifiquement. Il m'avait montré que des os en passe de devenir poussière contiennent encore une force vitale. Était-ce une démonstration de la résurrection du corps ?

Guéri, je pus m'occuper du jeune garçon. En prenant comme modèle un livre d'italien, je lui enseignai comment former joliment les lettres de l'alphabet. Intelligent, Lucas ne mit pas longtemps à écrire correctement. Il sut aussi lire presque couramment.

Un ami du paysan passa, et, voyant Luca en train d'écrire, il lui demanda :
- Qui est celui qui te donne des leçons, mon petit ?
- Lyov, le vagabond que papa a guéri de son mal aux jambes. Pas vrai papa ?
- C'est vrai.
- Tu sais faire ça ? S'enquit l'homme auprès d'Emilio.
- Oui, Giulian.
Il s'approcha ensuite de moi pendant que je lisais la Philocalie et lança avec un sourire moqueur :
- Que lis-tu là ?
- La Philocalie.
- Il y a quoi dans cette … enfin, ce livre ?
- Des récits des Pères.
- Des Pères ? Quels Pères ?
- Vingt-cinq saints, tels qu'Antoine le Grand, Macaire le Grand, Marc l'Ascète et Jean Chrysostome pour ne citer que ces quelques-là.
- Pour moi, il suffit de réciter simplement le « Notre Père », comme l'a enseigné Jésus-Christ, et on est protégé pour la journée. Si on en récite un tas d'autres, on risque de s'abîmer le cœur.
- Vous parlez ainsi parce que vous ne connaissez pas la profondeur de la Philocalie, mon bon monsieur. Tous les enseignements sur la prière intérieure sont tirés de la sainte Bible dans laquelle Jésus-Christ nous enjoint, effectivement, à dire le

« Notre Père » et, aussi, à prier Dieu sans cesse. N'a-t-il pas déclaré : « Aime le Seigneur ton Dieu de tout ton cœur et de tout ton esprit. Observez, veillez et priez, vous serez en moi et moi en vous ? ». Celui qui porte une vraie foi en lui ne doit pas se contenter de dire une fois par jour le « Notre Père ». Voici ce que les Pères écrivent au sujet de ceux qui refusent d'étudier la bienfaisante prière du cœur (J'ouvris le livre et cherchai la bonne page). Voilà ! Ils expliquent que ces personnes commettent un triple péché ; car elles sont en contradiction avec les Saintes Écritures. Elles n'admettent pas qu'il y ait pour l'âme un état supérieur et parfait. Elles se privent de la béatitude de la Lumière de Dieu et vivent donc dans les ténèbres de la vanité.

- Tu parles bien, mon ami. Cependant, ce sont des voies qu'aucun pauvre laïc n'est capable de suivre.

- Tenez, je vais vous lire comment des laïcs se sont intéressés, via la Philocalie, à la prière intérieure perpétuelle.

Je fis une traduction simultanée d'un bout du traité de Syméon le Nouveau Théologien. Cela plut tant à ce Giulian qu'il insista pour que je lui fisse don de la Philocalie, afin qu'il pût la lire dans ses moments libres.

- Il ne servirait à rien que je vous la cède, vu qu'elle est rédigée en cyrillique.

- En cyrillique ? Qu'est-ce donc que ça le cyrillique ?

- L'alphabet de la langue russe.

- Tu es russe ?

- Oui.

- Écoute, copie-moi la traduction du passage que tu m'as lu. Je te paierai pour ça.

- Gardez votre argent. Je vais vous le copier en espérant que Dieu vous inspirera le désir de prier avec zèle et autrement que ce que vous avez dit tout à l'heure.

Joignant le geste à la parole, je transcrivis la traduction en italien dudit extrait sur une feuille que Luca m'avait tendue. Celui-ci parti, je me mis à méditer au sujet des événements survenus depuis mon mal aux jambes.

Giulian revint et déclara :
- J'ai lu à ma femme ton petit texte et elle l'a trouvé très beau.

À partir de jour-là, tous deux m'envoyaient chercher régulièrement pour que je leur lusse tel ou tel paragraphe de la Philocalie. Un soir, ils me retinrent à souper et mon hôtesse Carla, une aimable personne, avala soudain une grande arête. En dépit de tous mes efforts, cette épine resta coincée au fond de sa gorge ; ce qui la faisait horriblement souffrir. Giulian envoya chercher un médecin et, ne voulant pas être de trop, je rapatriai mon coin dans la grange où Émilio m'avait permis de loger comme je continuais à dispenser des cours de lecture et d'écriture à son fils.

Entendant au fond de mon oreille d'aller me rendre compte si le médecin avait réussi à faire recracher à Carla cette maudite arête, je repartis illico vers le domicile de cette dernière. En arrivant, Giulian m'informa que le docteur tardait à venir et que sa femme était sur le point de mourir. Je lui fis part de mon idée sans lui en révéler la provenance.

- De l'huile de ricin ? Vois comment elle est écarlate et comment sa gorge est toute enflée. J'y crois pas à ton remède.
- Essayons, cela ne peut pas lui faire de mal, insistai-je.
- À mon avis, elle voudra pas avaler ce truc.
- Est-ce que tu as un peu de cette huile ?
- Oui, bien sûr. Tout le monde en a ici.

Il alla chercher une fiole dans un placard et j'en versai un fond dans un petit verre que nous parvînmes enfin à lui faire avaler. Elle eut aussitôt un fort vomissement et recracha l'arête avec un mince filet de sang. Épuisée, elle s'endormit un quart d'heure plus tard. Le médecin sonna enfin à la porte de la demeure et Giulian lui expliqua que je l'avais soignée avec de l'huile de ricin. Celui-ci sortit un crayon de sa poche et nota cette médication dans un carnet.

La rumeur ne tarda pas à circuler au sujet de mes dons de guérisseur, voire de sorcier. Des gens vinrent ensuite de loin pour me consulter, mais je les renvoyai en leur précisant que Dieu ne m'avait point doté d'un tel don. Pour ne plus être confronté à ce genre de tracas, je quittai de nuit la grange et le village.

-2-

En chemin vers Bologne, je me sentais léger comme si l'on m'avait ôté un lourd fardeau de dessus mes épaules. Les profondes blessures provoquées par les coups de fouet étaient maintenant guéries, bien que ma chair en porterait à jamais les cicatrices. Je me remis à réciter avec ferveur la prière de Jésus, laquelle m'apportait tout à coup plus de bonheur qu'auparavant. Mon cœur bouillonnait aussi d'un plus grand amour pour le Seigneur. Son supplice sur la croix, le don de son sang pour sauver l'humanité pécheresse me bouleversèrent soudain jusqu'aux larmes. Il me paraissait si proche désormais que j'arrivais à sentir sa merveilleuse Lumière réchauffer mon être.

Après une journée et demie de marche, j'entrai dans Bologne. Mon pied bot me faisait plus souffrir qu'avant à cause de mes longues haltes et, partant, du manque d'entraînement. Apercevant une église, j'y entrai et m'agenouillai face à la croix du Christ, puis au pied de la statue de la Vierge Marie.

Ne trouvant plus les soixante-dix lires au fond de mon sac, je me mis à le fouiller frénétiquement. Je dus finalement me rendre à l'évidence et faire le deuil de cet argent ainsi que de l'achat d'un peu de nourriture. Je déduisis donc que Giulio ou son fils Luca m'avait dérobé mon bien pendant mes absences. Car, fort de ma grande confiance en eux, je n'avais pas jugé utile de bien dissimuler ce petit pécule. Il me fallait maintenant oublier ce dernier pour ne pas avoir à ruminer une sombre rancœur. Je me disais aussi que bien mal acquis ne profite guère et que ce voleur serait, un jour, contraint de payer pour son péché.

Je partis de Bologne en direction de Florence, désireux de ne plus traîner en chemin. Au bout de dix verstes, tout au plus, je fis une pause dans le village de Serma pour y reposer un moment mon pied bot et lutter contre une terrible fringale. Tandis que je priai en mon cœur, allongé sur un banc de pierre, une voix me tira brusquement de ma léthargie :

- Vous allez bien, monsieur ?

J'ouvris les yeux et vis un personnage tout de noir vêtu, semblable à un ange de Satan.

- Mon bon monsieur, vous me regardez comme si vous aviez vu le démon.

Me relevant et m'asseyant sur le banc, je répondis :

- Pardonnez-moi, mon père. Je sortais d'un mauvais songe. Mais soyez rassuré, je vais bien.

- Il y a un local de vide près du presbytère. Venez donc vous y abriter pour la nuit. Je vous y porterai une soupe chaude.

À cause du froid glacial de ce mois de février 1817, je le suivis pour m'éviter une affreuse pneumonie. Car j'avais perdu l'habitude de dormir à la belle étoile. Tout en me portant un bol de soupe et du pain, le curé s'enquit :

- Excusez mon indiscrétion … vous venez d'où ? Votre accent m'indique que vous n'êtes pas italien.

- Voici une longue histoire que je suis disposé à vous conter :

« Je suis né à Smolensk, une petite ville proche de Moscou en Russie. J'avais un frère de dix ans mon aîné. Lorsque nos parents décédèrent, nos grands-parents nous prirent chez eux. Notre grand-père était en outre un homme de bonne éducation et aisé. Comme il était propriétaire d'une auberge très fréquentée, nous rencontrions beaucoup de gens. Tandis que mon frère bougeait sans cesse, j'aimais rester près de mon grand-père. Le dimanche, nos grands-parents nous amenaient à l'église et l'un ou l'autre adoraient, parallèlement, nous faire le catéchisme. À l'âge de dix-sept ans, mon frère s'adonna soudain à la boisson. J'avais quant à moi sept ans. Un jour que j'étais allongé à côté de lui sur le poêle, il me poussa violemment. En

Russie, dans les isbas, le poêle représente une construction importante et en pierre. En hiver, le lit se trouve au-dessus de celui-ci. Donc, en tombant, je me blessai au bras gauche qui est handicapé depuis ce soir-là. De plus, j'ai hérité à ma naissance d'un pied bot. Ne pouvant travailler dans les champs, mon grand-père décida de m'initier à l'écriture en prenant la Bible comme modèle. À force d'épeler les mots et de recopier les lettres, je finis par savoir également lire. Un greffier venant régulièrement rendre visite à mon grand-père, lequel avait une belle écriture, je lui avouai mon souhait de savoir former les lettres aussi bien que lui. Ainsi il me donna du papier et me montra la façon de les dessiner artistiquement. Les années passèrent et mon grand-père annonça un jour :

« Voilà que Dieu t'a fait la faveur de savoir lire et écrire. Tu es un homme maintenant. Remercie-le souvent pour ça ! ». Quand ma grand-mère décéda, j'avais vingt ans, mon aïeul déclara d'une voix très triste qui me chavira :

« Nous voilà à présent sans patronne. Ton frère est un bon à rien et, quant à toi, je vais te marier ».

Je refusai à cause de mon infirmité. Or, l'ayant décidé ainsi, il me fit épouser une jeune fille de mon âge qui, par bonheur, s'avérait posséder nature agréable. Puis il tomba malade et mourut rapidement. Par testament, il me faisait don de la maison et d'une somme d'argent en précisant : « Prie Dieu matin et soir et lis un paragraphe de la Bible. Souviens-toi aussi de ta grand-mère et de moi-même dans tes prières. Concernant la somme de mille roubles, que je te lègue, ne la dépense pas pour des riens, mais ne sois pas avare non plus ».

Après son ensevelissement, je fus confronté à la jalousie de mon frère. Le Malin le poussa même à vouloir me tuer. Un jour au petit matin, un incendie se déclara et nous n'eûmes, mon épouse et moi-même, que le temps de sauter par la fenêtre avec pour seul vêtement une chemise de nuit. Ma Bible étant en permanence sous l'oreiller, je l'avais heureusement emportée dans ma fuite. Ainsi, tout en regardant brûler la maison de mon brave grand-père, je pensais : « Dieu merci, j'ai au moins sauvé la Bible. Elle nous sera une consolation dans le malheur ». Mon frère s'évanouit dans la nature et je compris qu'il avait été l'incendiaire et le voleur de la coquette somme léguée par le grand-père que je n'avais pas pris soin de bien cacher.

Dès lors, ma femme et moi n'avions plus l'air que de deux tristes mendiants. En contractant un emprunt, nous pûmes acheter une vieille cabane et y vivre comme deux misérables. Mon épouse n'ayant pas son pareil pour filer, tisser et coudre, des gens des environs lui commandaient des tissus et des habits. Malheureusement, mon infirmité m'empêchait de l'aider dans son travail. Aussi je lui lisais l'Évangile pendant qu'elle tissait et cousait. Parfois, elle se mettait à pleurer et quand je lui demandais :

« Pourquoi pleures-tu, Svetlana ? Grâce à Dieu, nous nous en sortons ».

« C'est ce que tu me lis qui me peine. C'est si bien écrit ! ».

Nous vécûmes tranquillement pendant deux ans. À l'époque, je ne connaissais pas encore la prière intérieure. Aussi je priais avec des paroles, débitées les unes à la suite des autres, et en faisant des courbettes comme un nigaud. Ma femme fut prise tout à coup d'une forte fièvre et décéda neuf jours plus tard, un peu après que le prêtre l'eût fait communier. Seul désormais et incapable de travailler, il ne me restait plus qu'à mendier mon pain. J'étais si malheureux de la perte de mon épouse que, les premiers temps, je demeurais prostré en regardant dans le vide. Je pleurais également en voyant ses vêtements et ses foulards de tête sur une chaise. Je vendis la cabane pour vingt roubles et distribuai les habits de mon épouse. Puis je partis droit devant avec du pain, de l'eau et ma chère Bible dans un sac. En chemin vers Doubrowna, je marmonnai : « Puisse Dieu me guider, me protéger et m'aider à faire quelque chose de ma vie à présent ». Voici trois ans environ que je pérégrine ».

- Quel âge as-tu ? S'enquit le prêtre.

- Trente-trois ans. L'âge du Christ au moment de sa crucifixion.

- Perçois-tu là un signe ?

- Non, mon père. C'est ainsi.

« L'homme propose et Dieu dispose », me dis-je en moi-même.

Je trouvais ce proverbe très vrai, étant donné la succession des événements depuis mon départ de Smolensk. Ainsi, aujourd'hui encore, j'étais confronté à un imprévu propre à retarder derechef mon entrée dans la légendaire Rome.

- Pourrais-tu accompagner un vieillard jusqu'à Rome. C'est un marchand d'ici complètement sourd. Il ne t'ennuiera pas. Son fils est d'accord pour lui fournir une voiture et un cocher, bien que le vieux préférerait aller à pied.

- Jusqu'à Rome ! Mais, voyez-vous, j'aime prier en chemin et m'arrêter aussi pour faire cela et lire.

- Il ne t'importunera guère. Il nous faut quelqu'un de confiance, car il emporte dans un sac une certaine somme et de l'or sûrement. Pour l'Amour de Dieu, je te prie d'accepter.

- Bon, je ne souhaite pas déplaire à Dieu. Je compte partir demain. Cet homme sera-t-il prêt lui ?

- Oui, assurément.

- Noël est dans deux jours. Il voudra sans doute passer cette fête en famille et ne prendre la route que le 26 ou le 27 même.

- Non, non. Je vais le sommer de ne point te retarder.

Le lendemain, jour de la veille de Noël, le prêtre me demanda si j'accepterais de ne partir qu'en milieu d'après-midi. Il fallait en effet attendre la voiture et le cocher, chargé de nous amener à Rome. Cela ne me convenait point de faire la route, confortablement installé avec un inconnu et sourd de surcroît.

Puisque le Seigneur l'avait visiblement décidé ainsi, je ne pouvais que me conformer à sa volonté.

Comme à seize heures, je n'avais pas la moindre nouvelle, j'allai à la recherche du curé pour vérifier si un imprévu ne remettait pas tout en cause. Or ce dernier demeurait introuvable. Il ne frappa à la porte du local, qu'il m'avait affecté, qu'à dix-neuf heures, et ce, pour m'informer que le vieux était mourant.

- Je viens de lui donner les derniers sacrements. Il ne paraissait pas malade pourtant.

Dieu avait choisi de rappeler cette âme en un beau moment, à savoir celui de la naissance de son Fils Unique Jésus-Christ. Un trépas sublime en somme ! Par conséquent, je ne pris la route en direction de Florence que le lendemain ... un jour particulier que je passai, tout en marchant, à louer le Seigneur.

-3-

Ayant emprunté des chemins de traverse, comme toujours, je passai par une petite ville, du nom de Vergato, où il me fallut mendier mon pain pour ne pas tomber d'épuisement ; car je n'avais rien mangé depuis deux jours. J'osai frapper, au hasard, à la porte d'une habitation où je fus heureusement bien reçu :

- Pardon de vous déranger, monsieur. Je n'ai plus la moindre nourriture et je vais …

- Vous arrivez à point ! Ma femme vient juste de sortir le pain du four, coupa l'homme d'une voix aimable. Prenez cette miche chaude et de quoi boire aussi !

Je lui tendis mon outre qu'il remplit d'une eau fraîche et limpide.

- Que Dieu vous bénisse, vous et votre famille, souhaitai-je.

Tandis que je fourrai le pain dans mon sac, mon bienfaiteur lança :

- Quel misérable sac tu as là, mon brave ! Je vais t'en donner un autre.

Il appela son épouse qui alla chercher un sac à dos et m'aida à y ranger mes affaires après que je les eusse sorties de l'ancien.

- On va s'occuper de jeter ton vieux sac, dit gentiment le mari.

Les ayant infiniment remerciés pour leur sollicitude, je pris congé et rendis grâce pour ces bonnes âmes sur ma route.

« Merci Seigneur de m'avoir pourvu pour plusieurs jours », murmurai-je.

Au terme d'une dizaine de kilomètres, j'aperçus le village de Grizzana et, au centre de celui-ci, une petite église en bois bien entretenue à l'extérieur et très sobre à l'intérieur. Elle me plut par son dépouillement conforme à la sainte humilité de Jésus-Christ. J'y pénétrai pour me prosterner face à la sainte croix. En ressortant, je pris plaisir à observer deux enfants en train de courir et jouer. Leurs rires, leurs cris, leurs cabrioles me furent un agréable bain de fraîcheur. Alors que je repartais de la placette, j'entendis dans mon dos :

- Gentil mendiant ! Gentil mendiant !

Me retournant, je vis le garçonnet et la fillette, que j'avais aimé regarder s'amuser, accourir dans ma direction. Ils me prirent, chacun, par une main et lancèrent :
- Viens chez notre maman, elle adore les mendiants !
- Ah, mais je suis un pèlerin et non un mendiant !
- C'est quoi un pèlerin ? Interrogea la fillette.
- Quelqu'un dont les pas sont guidés par Dieu, mon enfant.
- Ah bon ? Rétorqua-t-elle en ouvrant de grands yeux.
- Et où habitez-vous ?
- Là-bas, derrière les arbres !

Ces deux jeunes énergumènes me menèrent donc vers un jardin merveilleux au milieu duquel trônait une somptueuse maison … de notables assurément. Dans le hall d'entrée, je vis arriver une dame élégante, la longue chevelure blonde tombant sur les épaules et le regard d'un magnifique bleu azur, qui me demanda avec un fort beau sourire également :
- Mes enfants vous ont tiré jusqu'ici. Cela ne vous dérange pas j'espère.
- Ils m'ont dit que vous aimez les mendiants.
- J'en accueille régulièrement en effet.
- Me concernant, je suis un pèlerin … même s'il m'arrive de mendier mon pain pour survivre.
- Venez vous asseoir un moment dans le petit salon.

- Elle m'aida à ôter le sac de mon dos qu'elle posa dans un coin de l'entrée, puis elle m'entraîna vers une pièce richement meublée et artistement décorée. Comme je n'osais pas m'asseoir dans le fauteuil bergère qu'elle m'avait indiqué, elle lança :

- Allons, mon ami, prenez place je vous prie.

- C'est-à-dire, madame, que je suis si misérablement vêtu ...

- Peu importe ! Asseyez-vous donc !

Ainsi je mis mon postérieur sur le bord du fauteuil recouvert d'un tissu superbement imprimé de fleurs d'un joli ton rose foncé.

- D'où venez-vous ? Vous avez un petit accent.

- Un fort accent, vous devriez dire.

- Alors ? D'où êtes-vous ?

- Je suis Russe.

- Cela doit faire un certain temps que vous êtes en Italie, car vous parlez notre langue fort bien.

- Depuis quelques mois seulement.

- Vous êtes manifestement doué pour les langues.

- C'est ce qu'on m'a déjà dit. En chemin, j'ai appris l'autrichien, puis l'italien qui est une très belle langue, ma foi.

- Oui, c'est exact. La langue russe est harmonieuse aussi. Je la parle d'ailleurs assez bien, je crois.

- Auriez-vous de la parenté russe ?

- Non, je l'ai étudié grâce à mendiant que nous hébergions et qui était russe comme vous. Bien, je vais vous faire préparer un repas que vous prendrez tranquillement dans la salle à manger.

- Je vous remercie humblement pour votre bonté, madame. Toutefois, j'ai du pain et de l'eau dans mon sac. Je suis une personne modeste qui n'a pas l'habitude d'abuser de la charité d'autrui. Je prierai Dieu cependant, afin qu'il vous bénisse ainsi que votre famille.

- Je vous en prie, appelez-moi Ornella. Comment vous prénommez-vous ?

- Lyov.

- Pardon, ça s'écrit comment ?

Après que j'eusse épelé l'orthographe de mon prénom, elle rétorqua :

À présent, je vais pouvoir le retenir facilement.

Éprouvant soudain un fort désir de prier, je dis à cette aimable dame :

- Pardonnez-moi, Ornella, mais je dois m'en aller maintenant. Que le Seigneur protège vos merveilleux enfants, votre époux et vous-même.

- Ah, non, Lyov ! Je ne vous laisserai pas partir l'estomac vide. Mon mari ne va pas tarder à rentrer. Il est juge au Tribunal de Bologne et il sera très heureux de vous voir ; en effet, il considère les pèlerins comme des envoyés de Dieu. Vu que c'est dimanche, vous viendrez prier avec nous à l'église de Grizzana et nous partagerons ensuite un bon repas tous ensemble. Sachez que pour les fêtes nous recevons ici une trentaine de mendiants au moins. Tenez, pendant que vous dînerez vous me raconterez votre vie. J'aime entendre la vie des gens. Vous parlerez en russe, cela me sera un exercice profitable.

Elle ordonna à un domestique de porter mon sac dans une chambre où elle avait décidé que je passerai la nuit. Je n'eus pas le cœur de refuser, tant cette hospitalité partait d'un bon sentiment.

Ainsi, tout en absorbant de bons mets, je narrai succinctement mon départ subit de Smolensk après la perte de mon bien. Néanmoins, je ne lui donnai à entendre qu'une synthèse de mon vécu jusque-là.

- Quand vous reprendrez la route vers Florence, il faudra que vous vous arrêtiez à Lagaro au couvent San Damiano où ma mère a pris le voile. Nombre de personnes vont requérir auprès d'elle des conseils spirituels. Tout s'ordonne bien finalement. Merci mon Dieu !

- Vous parlez un beau russe, Ornella, dis-je.
- Votre compliment me touche, Lyov.

Après que nous ayons bavardé une grande partie de la soirée, et comme son mari n'arrivait pas, elle m'informa qu'il rentrait très tard, parfois, à cause de certaines affaires compliquées qu'il s'escrimait à toujours vouloir juger avec équité. Elle commanda courtoisement à une servante de me mener vers ma chambre. Cette façon de traiter le personnel à son service me plut grandement.

- Vous verrez mon mari demain. Je vous souhaite une très bonne nuit, Lyov.
- Merci, Ornella. Très bonne nuit à vous aussi.

Ne voyant toujours pas le mari le lendemain, j'en vins à m'interroger sur son existence. Comme si elle avait entendu ma pensée, Ornella m'informa :
- Marco a dû partir de bonne heure ce matin. Je lui ai parlé de vous et il a hâte de vous rencontrer.

À l'heure du déjeuner, mon hôtesse m'invita à m'asseoir à la grande table de la salle à manger où quatre dames étaient déjà installées. Après le premier plat, l'une d'elles se leva, s'inclina en marmonnant et quitta la table. Elle revint deux minutes plus tard avec dans les mains un grand plat. Quand vint l'heure du dessert, une autre se chargea de faire le service.

- Puis-je me permettre de vous demander, Ornella, si ces dames sont de votre famille ? M'enquis-je discrètement.
- Non, ce sont ma cuisinière, une servante, ma femme de chambre et l'épouse de mon cocher.
Je m'étonnais de ce que le Seigneur m'avait conduit vers ces notables au cœur très pieux toutefois. Ressentant un subit besoin de silence et de prière, le repas terminé, je me levai et dis :

- Je n'ai jamais eu l'opportunité de me régaler de plats aussi succulents.

- C'est une joie pour moi de vous avoir fait tant plaisir, Lyov.

- Ornella, vous devez aspirer à vous reposer un peu maintenant. Quant à moi, je ressens l'envie de flâner dans votre beau jardin, ajoutai-je.

- Je ne me repose jamais après le déjeuner, répondit-elle. J'irai avec vous et nous bavarderons si cela ne vous dérange pas. D'ailleurs, si vous y allez seul, les enfants vous tireront par la manche. Ils aiment tant les mendiants … ainsi que les pèlerins naturellement.

Elle me gratifia d'un sourire si charmant que je sentis soudain la moiteur de l'érubescence sur mon front et mes joues. Je dus donc renoncer à mon désir de solitude et de méditation. Nous allâmes ensemble dans le ravissant havre qui s'étendait sur un hectare environ à l'arrière de la maison.

- Y a-t-il longtemps que vous menez une existence aussi sainte ? Un tel degré de bonté n'est pas commun, questionnai-je.

- Pour mon mari et moi, il s'agit d'un devoir. Ma mère était la petite nièce d'une religieuse dont les gens honorent les saintes reliques à Venise. Mes parents possédaient une grande maison là-bas dont ils louaient trois pièces à un gentilhomme désargenté. Celui-ci décéda brusquement, puis sa femme le suivit peu de temps après, laissant orphelin un enfant de sept ans. Ma mère le prit avec elle et je naquis une année plus tard. De fait, nous fûmes comme frère et sœur lui et moi. À la mort de mon père, ma mère décida d'acquérir cette grande demeure ici à Grizzana. Quant à moi, je fis la rencontre du fils d'un notable de Bologne qui me demanda en mariage. Six mois passèrent et ma mère, une personne très pratiquante, partit pour le couvent San Damiano après m'avoir légué cette propriété. Elle nous avait aussi enjoints de nous comporter en bons chrétiens et d'observer le commandement de Jésus-Christ : « Aimez-vous les uns les autres ». Depuis, nous avons respecté cette injonction et transformé une dépendance en un asile pour les mendiants. Il y en a au moins une dizaine en permanence. Si vous voulez, nous irons les voir demain.

- Entendu. Quel est ce livre que vous m'avez chargé d'apporter à votre mère ? Rétorquai-je.

- Venez avec moi, je vais vous le montrer.

Alors que nous débutions la lecture du fameux livre, Marco, le mari, pénétra soudain dans le salon. S'avançant vers moi, il me fit une accolade comme à un vieil ami.

- Ma chère épouse n'a-t-elle pas pris la liberté d'abuser de ta patience ? Quand elle trouve un mendiant ou un malade, elle est si contente qu'elle s'en occupe jour et nuit. C'est une sainte, vois-tu ! Viens dans mon bureau maintenant, nous allons faire connaissance toi et moi.

Dans le bureau de Marco, je tombai en admiration devant l'imposante quantité de livres remplissant la bibliothèque ainsi que face aux sublimes icônes de Jésus-Christ et de la Vierge Marie accrochées sur les murs et, plus encore, face à la grande croix en bois avec un Christ en or posée sur un piédestal joliment sculpté. Je me signai et déclarai :

- Voici un endroit, monsieur, qui respire la sainteté ! Vous devez prendre beaucoup de plaisir à y prier face à notre Bien-Aimé Seigneur et à sa très Sainte Mère.

- C'est exact, mon ami. J'apprécie également de lire dans ce sanctuaire.

- De quels genres sont vos livres ?

- La spiritualité, la philosophie et les récits d'auteurs célèbres. Il y a aussi des recueils de sermons de quelques grands prédicateurs. Cette bibliothèque m'a coûté très cher. Mais, s'il te plaît, appelle-moi Marco.

- Entendu. Et vous appelez-moi Lyov.

Il me pria aussi de le tutoyer et je lui répondis que cela me serait impossible. Par bonheur, il n'insista pas.

- Avez-vous des ouvrages traitant de la prière ?

- Oui, bien sûr.

Marco s'approcha de sa bibliothèque, afin d'en extraire, après une brève recherche, un livret plutôt mince.

- Tiens ! Voici un opuscule d'un prêtre contemporain.

L'ouvrant à la première page, il me lut le début d'un commentaire sur le « Notre Père ». J'observais, en même temps, cet homme grand, svelte, le crâne en train de se dégarnir, la barbe poivre et sel bien taillée et, surtout, son regard si aimable d'une jolie couleur noisette. Tout à coup, Ornella entra en portant un plateau sur lequel était posé une théière en argent et trois tasses artistement décorées. Les enfants la talonnaient avec, dans leurs petites mains, une corbeille chacun.

- Ornella, reste donc avec nous ! Quant à vous, les enfants, retournez jouer !

Mon hôtesse m'offrit une petite pâtisserie, une friandise nouvelle pour moi, et une tasse de thé. Son mari lui proposa :

- Que dirais-tu de nous lire quelques paragraphes de ce livre, Ornella ?

Quand cette dernière saisit le livret, que son mari lui tendait, j'eus l'impression qu'elle jubilait intérieurement. J'aimais beaucoup le timbre, à la fois doux et déterminé, de sa voix. Cette lecture spirituelle suscita mon désir de prier au fond de moi. Brusquement, une forme entourée d'un halo bleuté se manifesta dans un coin de la pièce. Était-ce l'âme du starets Isaak qui tentait de me communiquer un message ? Dès lors, il me vint des pensées lumineuses. La lecture achevée, Marco voulut savoir si celle-ci m'avait plu.

- Oui, beaucoup ! Répondis-je.

Je n'osais avouer que je n'en avais entendu que les premières phrases.

- Le « Notre Père » est bien la meilleure des prières. Aucune autre ne saurait l'égaler, ajoutai-je.

- En effet ! Ce qui émane de l'esprit du Seigneur Jésus-Christ est forcément sublime, renchérit Ornella.

- J'ai lu une instruction des Pères à ce sujet, dis-je.

- Qui sont ces Pères ? Interrogea le mari.

- Ce sont vingt-six Pères, dont on retrouve les écrits dans la Philocalie.

- Qu'est-ce que la Philocalie ?

- Un ouvrage qui, page après page, indique la manière de réussir la prière perpétuelle à l'intérieur du cœur et, donc, la communion avec Dieu.

- Aurais-tu en mémoire des passages de leurs écrits ?

- Pour continuer dans l'explication du « Notre Père », je peux vous narrer leurs commentaires si vous le souhaitez.

- Oui, oui ! Dis-nous cela !

Alors, voici : « Notre Père qui est aux Cieux » : cela indique que nous nous reconnaissons enfants de Dieu et qu'il nous aime d'un amour infini. Il s'agit d'un Père qui n'a rien de terrestre ou d'humain. « Que ton Nom soit sanctifié » : il nous est demandé de louer la sainteté et, mieux encore, la perfection de Dieu. « Que ton règne vienne » : nous demandons ici à Dieu de nous permettre enfin de jouir de sa Lumière et de sortir, par celle-ci, des ténèbres du péché et du mal. « Que ta volonté soit faite sur la terre comme au ciel » : nous acceptons, par cette demande, de placer notre confiance en lui et de nous en remettre à lui à chaque instant. « Donne-nous aujourd'hui notre pain de ce jour » : il s'agit de la grâce d'une sainte communion avec le Père pour qu'il nous nourrisse en esprit de son Amour. « Pardonne-nous nos offenses, comme nous pardonnons aussi à ceux qui nous ont offensés » : nous sommes appelés à demander pardon à Dieu pour nos mauvaises pensées, nos mauvaises paroles, nos mauvais actes, mais également à pardonner à nos ennemis, à ceux qui nous ont fait ou font du mal. Le Père est Amour. L'Amour et le pardon vont de pair. « Et ne nous laisse pas succomber à la tentation » : cette phrase rappelle combien la chair est faible et combien l'homme est enclin à se laisser tenter par le péché, par le mal et, partant, à ouvrir la porte de son cœur au tentateur. « Mais délivre-nous du mal » : Dieu est seul à posséder le pouvoir de nous préserver de la domination du Malin. Jésus a dit : « Je ne te demande pas de les enlever du monde, mais de les préserver du Malin ». Voilà ce dont je me souviens d'important.

- Tu nous en a fait une magnifique explication Lyov ! Ceci dit, le « Notre Père » peut paraître très exigeant à nombre de personnes. La réalité du monde laisse peu de place à la poursuite de la sainteté, argua Marco en levant ses sourcils.

- S'il s'agissait d'une tâche surhumaine, le Seigneur Jésus-Christ ne nous aurait pas enjoints à dire avec foi cette prière.

- Où pourrions-nous trouver ... comment l'appelles-tu déjà ?

- La Philocalie ?

- Oui.

- Je ne peux vous céder la mienne malheureusement, car elle est écrite en cyrillique et, de surcroît, je ne saurais m'en passer. Si j'en trouve un exemplaire écrit en italien à Rome, je vous l'enverrai.

- Merci, mon ami. Ne te donne pas tant de mal. Nous irons à sa recherche avec Ornella. Tu as parlé tout à l'heure de la prière perpétuelle. Peux-tu nous en dire plus ?

- C'est la prière intérieure ou à l'intérieur du cœur. Elle consiste en une invocation du Seigneur à chaque instant. C'est pourquoi, on l'appelle perpétuelle. L'apôtre Paul a dit : « Priez sans cesse ! ». Cela signifie qu'il convient de prier Dieu le Père autant que nous le pouvons, en dehors de notre travail bien sûr, de manière à bénéficier de sa protection, de sa Lumière et de son Amour.

- Toutes ces choses, que j'avais dites leur plût grandement. Tous deux m'embrassèrent affectueusement. Puis Marco me donna une feuille de papier et un crayon en disant :

- Écris-moi le titre de ton livre, Lyov.

J'écrivis « Philocalie » et, regardant le graphisme de mon écriture, il vanta son élégance ; ce qui me toucha beaucoup.

Nous nous rendîmes à la salle à manger pour le souper où, bien que nous étions douze autour de la table, le repas se déroula dans un grand silence. J'appréciai cette atmosphère propice au recueillement. L'estomac rassasié, nous donnâmes ensuite à nos esprits une nourriture sainte via une jolie prière de remerciement qu'Ornella nous lut de sa voix à la belle intonation distinguée.

Les invités et les enfants quittèrent la table et nous restâmes là, tous trois, à discuter de banalités ou presque. Ornella nous abandonna un moment, Marco et moi, et revint avec une chemise blanche et un bonnet de nuit ; vu que la météo était peu clémente en ce mois d'avril 1817. Tout en la remerciant, je spécifiai :

- Merci, Ornella, il y a longtemps maintenant que je ne porte plus ces vêtements de nuit.

- J'ai pensé que vous dormiriez mieux ainsi.

Ne me laissant pas le temps de louer encore sa bonté, Marco déclara que mes souliers ne valaient plus rien. Il me demanda ma pointure et disparut.

- En voici une paire que je ne porte plus. Par chance, nous faisons la même pointure, lança-t-il au retour.

M'ayant commandé de rester assis, il m'ôta mes vieilles chaussures. Aussi lui spécifiai-je que mon pied bot n'arriverait pas à rentrer dans celle de droite. Il se confondit en excuses et promit de m'en apporter une paire de neuves dans trois jours au plus.

Puis il voulut laver mes pieds. Comme je m'insurgeai gentiment, il rétorqua :

- Le Christ n'a-t-il pas lavé les pieds de ses disciples ?

Je me mis à pleurer et tous deux pleurèrent avec moi. Ce fut un moment particulier et empreint d'une munificente complicité. Il m'aida humblement à remettre mes vieux souliers.

Ornella alla rejoindre ses enfants et Marco m'emmena dans le jardin, puis dans le pavillon d'été chauffé où nous nous allongeâmes, chacun, sur un banc.

- Réponds-moi avec franchise, Lyov ! Qui es-tu vraiment ? Je subodore que tu es issu d'une noble lignée et que tu mènes, Dieu seul sait pourquoi, cette existence misérable. J'ai vu comment tu écris et tu lis. De plus, tu raisonnes avec un grand discernement. À l'évidence, ce n'est pas l'éducation d'un fils de paysan.

- N'en croyez rien, Marco. Je vous ai parlé avec sincérité. Mes origines sont au contraire très modestes. Il est vrai que, tout jeune, j'avais une attirance pour la belle écriture. Par chance, un greffier, et ami de mon grand-père, m'a appris à écrire et à bien former les lettres. Un saint moine m'a enseigné, plus tard, tout ce que je sais au plan spirituel. La prière, ensuite, m'a permis de bénéficier d'une belle inspiration divine. Tout autre que moi peut en faire autant s'il le veut. En invoquant le nom du Seigneur Jésus-Christ, on en vient à pénétrer le mystère de sa Parole. La culture est accessible à tout un chacun, mais la bonté du cœur requiert une forme d'intelligence que Dieu, seul, sait développer. Croire que la réalité du monde, les soucis quotidiens, les contraintes de l'existence nous empêchent de prier et, ce faisant, d'honorer le Seigneur est une erreur. Qu'est-il de plus important pour le salut de notre âme ? Le corps vieillit et périt, alors que l'âme vit éternellement. Est-il sensé de se donner du mal pour quelque chose qui dure si peu de temps ici-bas finalement ? Voilà mon avis. Je ne suis guère un homme sage, mais une personne qui refuse de vivre dans les superfluités.

- Notre origine familiale procède d'une destinée que Dieu nous impose. C'est toujours une expérience nécessaire pour notre âme, objecta judicieusement Marco.

- C'est très juste, rétorquai-je.

- À propos de ces vies particulières auxquelles tant d'individus sont contraints, permets-moi de te narrer celle-ci. Un vieux mendiant ayant une santé fragile arriva, un jour, chez nous. Il était si pauvre qu'il allait presque nu. Nous lui allouâmes un lit au sein de notre petit asile où il tomba rapidement malade. On le transporta dans une chambre de la maison, afin que mon épouse pût mieux s'occuper de lui. La veille de sa mort, après avoir reçu la communion, il me demanda de quoi écrire ; car il souhaitait rédiger une lettre pour son fils qui vivait à Vienne en Autriche. Je fus étonné de voir sa belle écriture, ses phrases bien tournées et la modestie du contenu. Je le pressai donc de me faire le récit de sa vie et il fit cela avec des larmes pleins les yeux. Il me confia qu'il fût un prince très riche perdant son temps dans la luxure et les superficialités. Sa femme étant décédée, il vivait avec son fils qui commandait une division dans l'armée de Sa Majesté l'Empereur François II. Un soir, tandis qu'il se préparait pour le grand bal qu'il organisait régulièrement, et où venaient environ deux cent cinquante invités, il s'emporta contre son valet de chambre et le frappa à la tête. Le lendemain, le pauvre domestique expira. Nul n'y attacha la moindre importance. Il disait regretter de l'avoir violenté tout en envoyant cette affaire aux oubliettes. Or, une semaine après sa mort, le défunt vint hanter ses rêves. Il lui répétait sans cesse : « Assassin ! Tu es un assassin ! ». Par la suite, il vit celui-ci se manifester face à lui de plus en plus souvent et dans la journée même. Parallèlement, des hommes qu'il avait insultés, des femmes qu'il avait séduites se mirent à le narguer. Tous lui adressaient des reproches et ne lui laissaient plus aucun répit ; si bien qu'il sombrait peu à peu dans la folie. La médecine se montrant impuissante, il partit en Amérique, en compagnie de son nouveau valet de chambre, pour y trouver des spécialistes capables de le guérir. Six mois plus tard, son mal avait empiré et les apparitions s'étaient multipliées. Ainsi son valet le ramena de ce lointain continent dans un état plus délabré encore. Son âme connaissait les feux de l'enfer avant d'y être jetée pour l'éternité. Curieusement, il n'avait jamais envisagé de se donner la mort. C'est au cœur de ces terribles tourments, toutefois, que Dieu lui fit la grâce d'une belle renaissance. Car il l'amena à prendre pleinement conscience de son infamie et à se repentir. Il l'appelait, en définitive, à ouvrir la porte d'une nouvelle vie. Par conséquent, notre homme prit l'engagement de s'adonner aux travaux les plus durs et à se mettre au service des gens de basse condition. À peine avait-il fait ce serment que les apparitions cessèrent. Une faveur de Dieu qui le combla de joie. Totalement guéri, il quitta sa somptueuse demeure avec le document d'identité d'un soldat mort qu'il venait d'acheter à une femme dans le besoin. Il erra ensuite dans le pays pendant quinze ans, travaillant tantôt chez un paysan ou mendiant son pain. Ce dénuement le purifiait et il remerciait Dieu de l'y avoir contraint. Sa conscience était désormais en paix. « Seul celui que le Dieu miséricordieux a tiré du péché pour le mener vers une vie sainte peut comprendre mon cas », précisa-t-il. Il me supplia de faire remettre à son fils la lettre qu'il venait d'écrire et dont il avait noté l'adresse au dos. Il mourut le soir-même, le visage apaisé.

Le lendemain, Marco me montra la lettre de cet homme qui disait ceci :

« Voici quinze années que tu n'as plus revu ton père. Sache, cependant, que tu étais sans cesse présent en son cœur. Puissent ces derniers conseils, que je te donne, t'être utiles. Vois-tu, mon cher fils, j'ai beaucoup souffert sur le chemin du rachat de mes péchés ; mais j'ai connu ensuite un plein bonheur sur celui du repentir. Je meurs en paix chez mon bienfaiteur en convoitant un repos éternel dans le Royaume du Très Haut. Je t'invite à prier Dieu chaque jour pour mon âme et, bien sûr, pour la tienne, afin qu'elle ne s'attache pas à ces futilités, à ces actes condamnables que la mienne a adorés durant des années. Traite avec bienveillance tes subordonnés et ton semblable en général. Ne méprise pas les pèlerins et les mendiants. Souviens-toi toujours que ton père fût un de ceux-là et que le dénuement a finalement concouru au salut de son âme ».

Cette dernière lettre d'un père à son fils m'émut profondément. Je demandai soudain à Marco :

- N'avez-vous pas trop d'ennuis avec votre asile ? Tant d'individus ne devienne pèlerin ou mendiant que par fainéantise et se comportent de façon répréhensible sur la route.

- Nous n'avons eu que très rarement à déplorer la venue chez nous de tels individus, répondit Marco. Mais, d'ailleurs, seraient-ils ainsi que nous les traiterions avec plus d'indulgence encore. Au contact de leurs autres frères, les pécheurs prennent souvent conscience de leurs propres travers et ils s'efforcent de les corriger. Tiens, voici un exemple qui étaye bien cela :

« Un commerçant d'une ville proche était tombé si bas que les gens le chassaient et refusaient, même, de lui donner un bout de pain. Ivrogne, violent et voleur, la faim l'amena à venir ici après avoir entendu parler de notre asile. Il nous demanda s'il pouvait avoir du pain et de l'eau-de-vie. Nous le reçûmes avec courtoisie en lui disant qu'il aurait ce qu'il désire à condition de bien se comporter. Pendant une semaine, il but copieusement et il partait dormir sur son lit ou, parfois, dans un coin du jardin qui est vaste comme tu as pu le voir. Les autres pensionnaires l'exhortant à cesser de boire, il en vint à diminuer sa consommation d'alcool. Ô miracle ! Trois mois plus tard, il était devenu tout à fait sobre. Aujourd'hui, il a quitté l'asile et a repris, sans doute, une vie rangée ».

« La sagesse inspire la charité », pensai-je.

- Que Dieu bénisse votre sainte demeure ! M'exclamai-je.

- Merci infiniment, Lyov !

-4-

Nous nous rendîmes, Marco et moi, à l'office de onze heures où nous retrouvâmes Ornella et leurs deux enfants, Lilio et Paola, qui étaient déjà installés au premier rang. Durant la messe, leurs visages illuminés par la foi m'attendrirent au plus profond.

Après la célébration, mes hôtes invitèrent le prêtre, les pensionnaires de l'asile et quelques infirmes à partager le repas dominical chez eux. Les domestiques avaient dressé une grande table sur la spacieuse terrasse, comme un beau soleil nous faisait la grâce de son rayonnement. « Oh, la sainte et belle paix qui règne en ce lieu ! », me dis-je. Je remerciai le Seigneur de m'avoir permis de vivre de délicieux instants au sein du havre de Marco et Ornella. Osant une audace, je suggérai :

- Dans les monastères, il est d'usage de lire un extrait de l'Évangile ou de l'Ancien Testament pendant le repas. Pourquoi ne le ferions-nous pas ?

- Lyov a raison. Instituons donc cela ! Je lierai un petit morceau, puis d'autres volontaires procéderont de même, renchérit Marco.

- Ce serait avec plaisir, mais je dois manger vite et retourner au presbytère. Ma journée n'est pas terminée, contrairement à vous. Je n'ai même plus le temps de méditer, déplora l'ecclésiastique.

Je trouvais déplacée pareille intervention de cet homme d'Église. Selon moi, il aurait été préférable qu'il se tût. Saisissant mon bras, Ornella me confia :

- Le père parle ainsi, mais c'est un homme pieux et, en réalité, un bon prêtre.

Quant à moi, je me fis la réflexion suivante dans ma tête :

« L'Amour véritable consiste à aimer inconditionnellement ses semblables. Il ne faut ni juger, ni discriminer et savoir pardonner en toutes occasions. Dieu ne fait-il pas pleuvoir et briller le soleil, de la même façon, sur les bons et sur les méchants ? ».

Mon regard fut attiré par un mendiant aveugle, et totalement chauve, que Marco aidait à manger et à boire. Quand il ne mâchait pas, ses lèvres remuaient sans cesse. J'en déduisis qu'il récitait peut-être en lui-même une prière. Cela eut pour effet de provoquer en mon cœur un vif désir de prier. Depuis deux jours, je n'avais guère eu le loisir de m'adonner à la récitation des oraisons. Si cette promiscuité commençait à me peser, je louais cette compagnie de bonnes âmes.

Le soir, il me vint à l'idée de m'entretenir avec le pensionnaire aveugle. Profitant de ce qu'il était assis sur un des bancs de pierre du jardin, je me risquai à une indiscrétion :
- Pardon de te déranger, mon brave. Remarquant à table que tu remuais les lèvres, quand tu ne mâchais pas, j'ai pensé que tu priais sans doute.
- Tu as bien pensé, mon ami.
- Excuse encore cette audace, mais que dis-tu exactement ?
- Je dis : « Seigneur Jésus-Christ, aie pitié de moi ! ».
- Mais il s'agit là de la prière perpétuelle ! Le savais-tu ?
- Oui, bien sûr ! Je la dis chaque jour avant de m'endormir et depuis longtemps, vois-tu.
- Quel effet produit-elle en toi ?
- Un bienfait immense. À présent, je ne peux plus m'en passer.
- Comment en es-tu arrivé à cette condition, mon frère ? Acceptes-tu de me raconter l'histoire de ta vie ?
- Alors voici ! J'étais tailleur à Vienne et, ma foi, les affaires marchaient bien. J'allais souvent chez les gens pour

habiller toute la famille. J'en arrivai même à nouer des liens très forts avec certaines. Je remerciais chaque jour le Seigneur pour cette gratification. Un jour, chez l'une d'elles, j'aperçus trois vieux livres placés sous des icônes. « Me permettez-vous de regarder ces livres ? », demandai-je au maître de maison. Il m'autorisa à en prendre un où je pus lire les paroles suivantes : « La prière perpétuelle consiste à invoquer sans cesse le nom du Seigneur Jésus-Christ en toute occasion, en tout lieu de la manière suivante : Seigneur Jésus-Christ, aie pitié de moi ! ». Cette prière m'apparut très profitable et je me mis à la répéter tout bas pendant que je cousais, que je marchais, que je mangeais … enfin tout le jour, sauf quand j'étais chez des clients bien sûr. Mais, à force, il m'arriva de le faire aussi chez les clients sans m'en rendre compte. Comme nous étions devenus amis, certains me disaient : « Que marmonnes-tu dans ta barbe ? Tu n'es pas encore si vieux pour radoter déjà ! ». Puis ils riaient en me tapant fraternellement sur l'épaule. Par conséquent, pour que cela ne fût plus visible, je m'habituai à réciter la prière dans ma tête. Elle me faisait du bien. Oh oui, alors ! Comme je devenais peu à peu aveugle, un problème génétique et héréditaire puisque ma mère le devint, elle aussi, à la moitié de sa vie et vu que la médecine ne pouvait rien pour moi malheureusement, je fus dans l'incapacité de continuer à travailler. Ainsi je sombrai dans la pauvreté. N'ayant plus rien à faire en Autriche, je décidai de marcher sur les routes. M'étant affalé sur le bord de l'une d'elles, un brave homme eut pitié de moi et il m'amena avec lui en Italie. C'est ainsi que je me retrouvai à Bologne. De là, un curé me présenta à Marco, qui est juge au Tribunal là-bas, sachant que celui-ci possédait un asile pour les miséreux. Et voilà que j'ai été hébergé par son adorable épouse et lui-même.

  - Comment s'appelait le livre dont tu m'as parlé tout à l'heure ?

  - Ma foi, je n'ai pas regardé le titre.

  - J'avais l'impression que tu me rapportais une phrase de la Philocalie.

- La quoi ?

- C'est un ouvrage qui condense les écrits de vingt-six Pères. Tiens, je vais te lire un paragraphe de Calliste.

Après que j'eusse lu celui-ci, l'aveugle s'exclama :

- C'est splendide ! Tu m'en liras d'autres, j'espère !

- La Philocalie explique en détail ce qui se rapporte à la prière du cœur. Mais je ne vais rester ici qu'un jour ou deux tout au plus.

- Amène-moi avec toi ! Je suis un poids pour les braves gens de cette maison. Tu me laisseras dans le premier hospice que nous trouverons en chemin. Pour l'amour de Dieu !

J'entendis que je devais faire cela pour cet homme, touché par son histoire et par son désir de finir ses jours en un lieu où le personnel est habitué à soigner les personnes comme lui.

- Bon, c'est d'accord ! Nous partirons demain et, en chemin, je te lirai tout ce qui concerne la prière du cœur.

- Oh, merci ! Je ne connais pas ton prénom.

- Lyov. Et toi ?

- Samuel.

- Repose-toi bien surtout, Samuel. Nous allons devoir marcher plusieurs heures demain.

- Je ferai de mon mieux pour ne pas être un poids.

-5-

Le lendemain matin, j'allai annoncer à Ornella, Marco étant à son travail, ma décision de quitter sa demeure et d'amener avec moi Samuel.

- Quand comptez-vous partir ? S'enquit-elle.
La tristesse obombrant l'iris bleu clair de ses yeux me peina.
- Sur le champ. Les séparations rapides sont moins douloureuses.
- C'est vrai, mais je commençais à m'attacher à vous et j'espérais, inconsciemment sans doute, que vous resteriez longtemps, voire très longtemps chez nous.
- Votre bonté est semblable à une source intarissable. Or, voyez-vous, je suis un pèlerin et, donc, curieux de découvrir le monde.
- Jusqu'où comptez-vous aller ? Un jour, il faudra bien vous poser quelque part.
- Oui, sûrement. Il appartiendra à Dieu de m'inspirer l'heure et le lieu.
- Sachez que vous serez toujours le bienvenu ici. Vous y aurez le gîte, le couvert et de l'affection.
- Votre sainteté me bouleverse, Ornella. Je ne vous oublierai jamais.
- Merci, Lyov. Moi non plus, je ne vous oublierai pas.

Après lui avoir serré affectueusement les deux mains, j'allai quérir Samuel, qui m'attendait sagement dans le jardin, et nous nous mîmes aussitôt en route.

En compagnie de cet homme, plutôt égrotant, je devais m'habituer à marcher lentement. Ainsi, la première journée, nous fîmes seulement douze kilomètres ; car nous nous étions arrêtés dans des endroits isolés et je lui avais lu des passages de la Philocalie, tout ce qui se rapportait à la prière du cœur selon l'ordre indiqué par feu le starets, à savoir via les livres de Nicéphore le Moine, de Grégoire le Sinaïte, etc. Son attention, son émotion, son bonheur à l'écoute de ces saints écrits réjouissaient mon âme. Il posait des questions, ensuite, auxquelles il me fallait trouver une sage explication. Concernant la façon de s'imprégner le cœur du nom de Jésus-Christ, je répondis :

- Ce n'est pas par l'intellect que tu peux réussir cela, mais par une foi indéfectible en la vérité et en la divinité du Seigneur. Crois-tu tant en lui que tu pourrais mourir pour lui ?

- Sans aucun doute.

- Alors en cultivant ce désir de communion avec lui, jusqu'à ne plus désirer exister qu'à travers lui, tu n'auras plus à passer par ton intellect pour le prier. Tu seras en esprit avec lui, et ce, en permanence.

- Ce que tu me conseilles de faire est d'une rigueur presque inhumaine, mon frère.

- Laisse-moi t'instruire sur une méthode plus simple. Il s'agit ici de surveiller les battements de ton cœur. Avec le premier, tu penses : « Seigneur », avec le second : « Jésus », avec le troisième : « Christ », avec le quatrième : « Aie pitié », avec le cinquième : « de moi ». Répète cet exercice à longueur de journée et, peu à peu, tu arriveras à ce qui te paraît être une prouesse.

- Tout cela est de plus en plus difficile, cher Lyov.

- Voici alors une dernière méthode plus accessible, Samuel. Il te faut accorder l'invocation avec ta respiration. Ainsi en inspirant, tu penses : « Seigneur Jésus-Christ », puis « Aie pitié de moi » en rejetant l'air. Si tu procèdes convenablement, tu sentiras, à force, une chaleur bienfaisante en toi. Ce sera un média efficace vers la prière à l'intérieur du cœur. Il y a lieu, surtout, de repousser toutes les images issues de ton imaginaire. Les Pères nous commandent, en effet, de vider notre pensée des représentations parasites durant cet exercice, afin de ne pas être le jouet de l'illusion.

Je vis Samuel s'exercer avec zèle de la manière que je venais de lui suggérer.

Les deux jours suivants, il consacra la majeure partie de son temps à cette pratique ; ce qui me rendait libre pour prier et me baigner de la Lumière du Seigneur.

- Depuis que je fais ainsi que tu m'as dit, j'ai l'impression d'être en proximité avec Jésus-Christ. Le saint Amour du Seigneur est immensément réconfortant.

Ma modeste contribution au bonheur spirituel de cet homme m'était un doux enchantement.

- J'ai vu une lumière, un grand cierge allumé et entrevu des formes floues ! S'exclama-t-il un matin.

Puis, tandis que nous marchions, il déplora l'existence du péché, la façon dont nombre de personnes s'y complaisent et que le monde n'en viendra jamais, peut-être, à sortir de ces tristes ténèbres.

- Dieu est seul à connaître le destin de l'humanité, puisqu'il en est le maître d'œuvre. Il est donc vain de se lamenter sur ce qui nous échappe totalement. Occupons-nous de prier plutôt ! Arguai-je.

Il se tut ensuite et se concentra sur la récitation de la prière dans le cœur. Le soir, nous arrivâmes dans un village au centre duquel le clocher de l'église avait été ravagé très récemment par le feu au vu des charpentes calcinées et encore fumantes. Des gens échangeaient au sujet de l'accident, se désolant du sale état de leur chère église et de l'impossibilité pour le prêtre d'y célébrer la messe dorénavant. Après que je lui eusse raconté ce qui s'était passé en ce lieu, mon compagnon de voyage me fit la réflexion suivante :

- Il faudrait leur dire de prier ardemment le Seigneur. Celui-ci ne peut laisser un saint sanctuaire dans un tel désordre. Il accomplira sûrement un miracle.

- Il y a là un prêtre consacré et qui trouvera bien le moyen de faire se manifester une belle grâce divine.

- Ne pouvons-nous pas prier pour l'aider ?

- Il y a assez de monde dans ce village. C'est à eux d'agir pour la réfection de leur église.

- Saurais-tu m'instruire sur le Royaume de Dieu ? Seule une âme très sainte peut-elle réaliser le prodige d'y accéder un jour ?

- L'âme de tout un chacun est reliée à l'Âme universelle, laquelle est une création du Père Tout-Puissant. Ceci dit, les âmes ne possèdent pas un même niveau de développement et la même capacité à s'élever pour l'éternité vers la Lumière Christique. De nombreuses expériences sur le plan terrestre, ou ailleurs, sont nécessaires à une telle évolution.

- Comment sais-tu toutes ces choses, Lyov ?

- Elles m'ont été enseignées par un starets d'une grande sagesse et d'une grande érudition.

- Qu'est-ce qu'un starets ? Demanda Samuel.

- C'est un terme russe qui signifie maître spirituel.

- Tu es russe, n'est-ce pas ?

- Oui.

- Ne serais-tu pas un juif converti quant à toi, cherchai-je à savoir.

- Tu dis ça à cause de mon prénom ?

- En effet.

- Mon père s'est mis à croire en la divinité de Jésus-Christ en épousant ma mère qui était chrétienne. Ils m'ont simplement appelé ainsi en mémoire de mon grand-père paternel.

- C'est une jolie histoire, Samuel.

- Où peut-on voir ce starets que tu as évoqué tout à l'heure ?

- Il est décédé, mais son esprit me fait, de temps en temps, la grâce d'une instruction par le biais du rêve.

- C'est une chose possible, ça ?

- C'est arrivé sans que je le recherche.

- Notre subconscient peut nous jouer des tours, non ?

- Oui, il convient de demeurer vigilant. Par la sagesse de ce que l'on reçoit, nous pouvons évaluer si cela provient de notre imaginaire ou non.

- Tu méritais certainement cette faveur. Je ne pense pas que cette chose m'arrivera un jour.

- Laisse ton cœur ouvert, prie et tu auras la surprise, peut-être, d'une belle inspiration au cœur d'un songe.

Le visage du vieil aveugle s'illumina. Il baissa la tête et marmonna. Je l'observais, heureux de le voir s'impliquer totalement dans la pratique de cette activité spirituelle. « Merci Seigneur de m'avoir amené à servir aussi humblement », murmurai-je. Je me sentais incité soudain à l'accomplissement de grandes choses. En quittant ma petite ville de Smolensk, je n'aurais jamais osé imaginer une pareille évolution de ma vie.

Chapitre 6

Juin 1817

-1-

À Barberino, une très charmante petite ville, je vis un panneau signalant un monastère franciscain à deux kilomètres de là. J'informai Samuel de mon intention de le confier aux soins du responsable de cette Abbaye.

- Un monastère ? Je vais gêner ces pauvres frères avec mon handicap, lança-t-il.
- Je ne pense pas. Ils vont être content, au contraire, de cet appel du Seigneur à intégrer un aveugle parmi eux.

Arrivé au monastère, je demandai confidentiellement au moine, qui nous reçut, s'il accepterait d'héberger mon compagnon aveugle que je m'engageais à venir récupérer dans deux semaines.

- Je ne peux prendre cette décision sans l'autorisation de l'Abbé, rétorqua celui-ci.
- Pouvez-vous aller quérir sa permission, je vous prie ?
- C'est-à-dire que … Bon, attendez-moi là, je vous prie.
Pendant cette attente, Samuel voulut savoir ce que j'avais dit à ce moine.
- Ton désir de finir tes jours au sein d'une communauté religieuse, mentis-je.
- Mais je n'ai jamais dit ça, s'insurgea-t-il.
- Tu seras quand même mieux ici que dans un hospice avec des individus souffrant de toutes sortes de maux qui

t'empêcheront de prier. Dans ce monastère, tu seras plus près du Christ, non.

- Tu as raison, Lyov.

Le moine revint. Avant qu'il ne me donnât sa réponse, je l'amenais courtoisement à l'écart.

- Excusez-moi, mais mon compagnon éprouve une grande peine, alors ...
- Oui, je comprends. Bien, notre Abbé accepte. Toutefois, il m'a demandé de vous faire promettre de revenir le chercher dans une semaine. Car l'abbaye est au complet à ce jour.
- Oui, soyez sans crainte, mon frère.

Après lui avoir fait quelques recommandations, nous nous fîmes, Samuel et moi, une accolade fraternelle. En quittant ce monastère, je culpabilisai d'avoir menti et à cause aussi de l'embarras que ce pauvre aveugle aurait peut-être à souffrir. À la sortie de Barberino, j'aperçus une grande croix de pierre. Je m'agenouillai devant elle et dis après m'être signé : « Seigneur Jésus-Christ, je te demande sincèrement pardon pour ce mensonge. Je l'ai fait en pensant agir dans l'intérêt de Samuel ». Cette brève supplication me rasséréna. J'avais soudain le sentiment que le Seigneur m'avait induit à agir ainsi. Assurément, le supérieur de cette abbaye n'en arriverait guère à envoyer à la rue un infirme quand il réaliserait ma supercherie. « Cette communauté finira par apprécier cet être pieux, calme et attachant », me dis-je.

Pendant une semaine, j'avançai lentement comme si Samuel était encore à mon côté. Je réfléchissais à mon insolite vécu de ces derniers temps en me disant que mon âme en avait retiré un grand bienfait. Dans la Philocalie, j'eus à cœur de vérifier ces choses que j'avais affirmées, tel un maître spirituel, suite aux questions de l'aveugle.

Par le truchement de la prière de Jésus, je retrouvai cette intime félicité qui m'avait tant ravi avant que je ne fusse distrait par les civilités et le don de moi. La béatitude, que les oraisons m'apportaient, m'amenaient à percevoir le monde autrement. Les magnificences de la nature m'invitaient à louer l'Amour et la perfection de Dieu. Certes, la main de l'homme n'aurait su les créer. « Le corps humain n'est-il pas, de même, une sublime création ? Tout y est orchestré selon un ordre prodigieux et son bon fonctionnement se trouve altéré, dès lors qu'un organe, ou un ensemble d'organes, s'avère déficient », arguai-je en moi-même.

-2-

Dans la grande ville de Florence, que j'atteignis après deux jours d'une marche active, la cacophonie me devint vite insupportable. Ce lieu était néanmoins superbe grâce à la somptueuse architecture des bâtiments, des monuments, des basiliques, des cathédrales et autres vestiges. Pourtant, j'avais hâte de sortir de cette cité et de retrouver la tranquillité des chemins de campagne ainsi que la joie de ma symbiose avec le Seigneur.

À une trentaine de kilomètres de Florence, mon cœur fut en proie à une étrange peur. Le souvenir du châtiment que l'on m'avait infligé après un soi-disant détournement moral, alors que j'avais agi avec probité, se mit à tourmenter ma pensée. Tant de fois les événements s'étaient succédé d'une façon imprévue et ce jour-là tout particulièrement. Relisant les paroles de Jean de Karpathos, elles me parurent bien étayer ce qui m'était arrivé : « Le maître est souvent déshonoré et doit alors supporter des tribulations à cause de ceux qu'il a aidés spirituellement ».

La prière m'aida à faire fondre cette crainte comme neige au soleil. Je déclarai ensuite au Seigneur : « Que ta volonté s'accomplisse ! Je suis prêt à supporter tous les tourments que tu m'infligeras pour l'expiation de mon orgueil, voire l'expulsion des scories corrompant mon cœur ». Rasséréné par cet engagement, je repris ma marche d'un cœur plus paisible.

Une pluie incessante tomba sur ma tête durant deux jours et pendant que j'empruntais des chemins de terre dont la boue collait à mes semelles. Heureusement, le manteau de peau, très abîmé cependant par les nuits à la belle étoile, m'évitait d'être trempé jusqu'aux os. Car les températures de ce mois de juillet 1817 n'étaient guère estivales. Je remerciai Marco pour les solides chaussures qu'il m'avait offertes ainsi que Dieu pour avoir pourvu sans cesse.

Tandis que je traversais un vaste champ, afin de gagner du temps, j'eus l'impression de me trouver tout à coup dans un monde vide de toute présence humaine. Nul paysan, nulle charrette ne croisèrent ma route … un vrai désert. Au début de la soirée, je vis enfin un bourg au loin. L'auberge près de la place centrale suscita mon désir d'un bon lit et d'une soupe chaude ; or j'étais sans le sou. Je n'osais solliciter l'aide du Seigneur, convenant qu'il m'avait abondamment gratifié jusque-là.

-3-

L'auberge était finalement un poste où les voyageurs pouvaient changer de monture et les diligences de chevaux. À quelques mètres de l'entrée, assis sur un tonneau et les yeux tournés vers le sol, un vieillard vêtu d'un manteau usé semblait attendre ou, plutôt, cuver son vin.

- Bonsoir, mon brave, lançai-je d'une voix déterminée.
- Qu'est-ce qu'on peut faire pour toi ? S'enquit l'homme en me toisant de son regard sombre et enfoncé dans les orbites.
- Tu n'es pas le patron de cette auberge, j'imagine.
- Si, mon bon monsieur ! Tu as devant toi le maître de ce poste ! Répliqua-t-il en hurlant quasiment.
- Ah, pardon … mon maître ! Puis-je alors passer la nuit chez vous ?
- Aucun problème ! Ça te coûtera deux lires cinquante, la soupe comprise.
- C'est que je n'ai aucun argent, monsieur …
- Tu es un de ces vagabonds qui mendie un lit et de quoi manger dans les auberges ou chez de braves gens ! Coupa-t-il.
- Je ne suis pas un vagabond, mais un pèlerin.
- Quelle différence ? Je n'en vois aucune personnellement.
- Un pèlerin est un serviteur de Dieu et non un mendiant.
- Il mendie quand même. Bon, tu me vois sous mon bon jour. Tu as un papier d'identité ?
- Oui, bien sûr.

Je fouillai dans mon sac et sortit le document établi par l'autorité du district dont dépendait la ville de Smolensk.
- C'est quoi cette écriture ? T'as pas l'air d'un chinois ?
- Je suis Russe et cette écriture est du cyrillique.

- Comment je sais, moi alors, que ton papier n'est pas un faux ?

- C'est un vrai document … et puis qu'est-ce que ça change ? Répondis-je en haussant le ton.

- Oui, rien après tout, objecta-t-il en baissant son regard vitreux.

Il se leva de son tonneau et me conduisit à l'intérieur de l'auberge où il m'alloua une chambre minuscule avec un lit, une cuvette et un broc d'eau sur une petite table en bois. Cet endroit n'avait pas été nettoyé depuis une éternité, mais je serai au moins à l'abri du froid et de la pluie. Il m'offrit un verre d'eau après que j'eusse dit que je ne buvais pas d'alcool. « Oui, bien sûr, un serviteur de Dieu … ça boit que de l'eau bénite et, désolé, celle-là elle l'est pas ! », avait-il objecté en riant et en laissant apparaître sa dentition abîmée et noirâtre.

- Tu soupes ou non ? Demanda-t-il.
- Oui, monsieur, si cela ne vous dérange pas.
- Tu es un vagabond poli et éduqué en tout cas.

Je ne répondis pas à sa remarque, convenant en moi-même qu'il n'était guère un mauvais bougre. Je m'assis à une grande table et une femme très ronde, vêtu d'une vieille blouse à carreaux gris et noirs et coiffée d'un fichu, m'apporta une assiette de soupe fumante et un gros morceau de pain. Pendant que j'avalais ce breuvage, le tenancier ne cessait d'adresser des reproches à cette dernière qui n'avait pas la langue dans sa poche. À force, une algarade éclata et chacun partit de son côté … lui vers une pièce dont il claqua violemment la porte et, elle, vers une bassine où elle lava des assiettes et des couverts tout en pestant contre son vieux.

- Je vais aller dormir, ma bonne dame. La fatigue commence à brouiller mon esprit. Merci pour la soupe.

- Y'a pas de quoi ! Vous faites pas de bile, c'est tous les jours comme ça avec mon homme. Il est gueulard, mais pas méchant.

Dans la petite chambre, d'où je pouvais voir la route par la fenêtre, je m'allongeai sur le matelas en paille, couvris mon corps avec la couverture poussiéreuse et priai en attendant le sommeil. Bien que les bruits de rangement de la tenancière dans son coin cuisine tendaient à me tenir éveillé, je me sentais glisser peu à peu vers l'inconscience.

Brusquement, une terrible explosion me tira de mon rêve. Les yeux grands ouverts, je cherchai à évaluer s'il s'agissait d'un accident ou d'une attaque de l'établissement par des malfrats. Les dégâts au sein de ma petite pièce m'indiquèrent plutôt la survenance d'une catastrophe.

« Mon Dieu, quel désordre ! », pensai-je.

Les cris, les gémissements et le tintamarre venant du dehors confirmaient qu'un grave événement venait de se produire. Me levant promptement, je sortis de ma pièce à moitié vêtu en doutant de ma capacité à me rendre utile en pareil cas. Au beau milieu de la grande salle de l'auberge, j'aperçus un tas de bois – la fenêtre ayant visiblement volé en éclats –, des débris de verre et la femme de l'aubergiste gisant sur le sol. Ce corps affalé par terre m'affola, comme je n'avais jamais eu à soigner qui que ce soit de toute ma vie. « Elle est certainement morte », murmurai-je. Soudain, un homme en habit de postillon entra en traînant un blessé au visage ensanglanté.

- Ah, vous voilà ! Lançai-je en voyant arriver aussi l'aubergiste.
- Aide-moi plutôt à porter ma femme sur la table ! Ordonna-t-il.

- Dieu soit loué ! Elle vit encore, répondis-je.

Venant d'ouvrir ses yeux à l'aspect plutôt globuleux, elle touchait son front en gémissant.

- Bon, Gabriella, tu vas t'en sortir ! Hurla le mari.

Il partit aider ensuite le postillon qui s'efforçait de porter les premiers soins à son collègue. Trop angoissé, et ne supportant pas la vue du sang, je m'abstins d'essayer de jouer à l'infirmier.

Deux gendarmes rappliquèrent avec un docteur qui donna une potion à Gabriella et pansa les plaies de l'adjoint du postillon. À l'extérieur, un groupe de badauds commentait l'incident. Ainsi j'appris que les chevaux lancés au galop avaient fait se déporter la voiture de la poste dans le tournant, laquelle s'était renversée dans le fossé longeant l'auberge. Le timon avait alors enfoncé la fenêtre. Quant au courrier, assis à côté du postillon, il avait frappé sa tête sur un poteau et perdu connaissance.

Son collègue remis sur pied, le postillon s'écria :

- Des chevaux frais vite !

M'approchant des deux hommes, je me risquai à un conseil :

- Vous ne pourrez pas voyager avec votre camarade blessé.

- Un courrier n'a pas le temps d'être malade ! Répliqua-t-il.

Il partit en poussant son collègue d'une façon tudesque.

« Quel satané rustre ! », marmonnai-je.

Après avoir fourni des chevaux frais et aidé à remettre la voiture sur les roues, l'aubergiste et maître de poste revint et s'exclama :

- Comment ça va Gabriella ? C'est la peur qui t'a envoyée par terre, rien que la peur !

Il disparut dans une pièce attenante et je restai là à observer son épouse qui finit par se lever et par marcher de long en large dans la salle comme une somnambule. Une dizaine de minutes plus tard, elle sortit et je fus désormais tranquille pour prier.

-4-

Deux heures s'étaient écoulées depuis mon réveil en fanfare. Je quittai cette auberge de malheur et avançai d'un pas lent en repensant à cette fatalité. Encore un impromptu où j'avais le sentiment de n'avoir été qu'un simple spectateur. Je remerciai Dieu, toutefois, de m'avoir préservé du pire. Je repris la récitation des oraisons tout en accélérant le rythme de ma marche.

Il me fallut six jours pour couvrir la distance jusqu'à Sienne. En parcourant cette jolie ville, je fus séduit par les bâtiments moyenâgeux en brique rose, la cathédrale décorée de blocs de marbre blanc ainsi que de bandes vertes et noires, la Basilique sise sur une colline où je pus contempler, à l'intérieur, une relique de sainte Catherine de Sienne au cœur d'une petite chapelle. J'aspirais à trouver plutôt une petite église pour prier dans un lieu moins somptueux, eu égard à la sainte humilité du Christ. J'en trouvais une au sud de la cité sur le frontispice de laquelle était peinte la Vierge Marie en robe bleue et toute entourée d'or. Un prêtre m'y reçut aimablement et nous bavardâmes un moment sur la Parole de Jésus-Christ. Alors que je lui demandais s'il connaissait un endroit où je pourrais me reposer, ailleurs qu'à la belle étoile, il m'accompagna jusqu'à un couvent ayant trois ou quatre petites chambres pour les vagabonds et autres miséreux. Bien qu'habituellement, elle n'offrait le gîte et le couvert à ces gens que pour quelques jours, elle me permit de demeurer là plus longtemps contre l'accomplissement de petites tâches agricoles.

Lors d'une conversation avec l'affable mère supérieure, qui avait pris le nom de Marianne de Jésus, j'osai une indiscrétion :

- Pardonnez mon audace, ma mère, mais il y a combien de temps que vous avez prononcé les vœux ?

- Douze ans, répondit-elle spontanément. J'étais comme perdue dans le monde depuis le décès de mes parents et forcée de travailler durement chez des maîtres égoïstes et méchants. Un soir, le maître essaya d'abuser de moi. Je lui assénai un coup avec un chandelier, puis je pris vite la fuite.

- L'aviez-vous tué ? Si oui, les gendarmes ont dû vous poursuivre.

- Je pense que je l'avais juste assommé. J'ai marché toute la nuit en pleurant et, au petit matin, j'ai frappé à la porte de ce couvent où nul ne m'a jamais posé la moindre question. J'ai prononcé les vœux et, sept ans plus tard, j'ai été désignée comme abbesse.

- Le Seigneur Jésus-Christ vous a protégée et guidée, ma mère.

- Il a fait de moi une de ses épouses spirituelles, mon fils.

- Vous méritiez cette grâce … assurément.

- Merci. Qu'il vous bénisse à vous aussi ! Qu'est-ce qui vous a amené à partir sur les routes, quant à vous ? S'enquit-elle.

Son regard un peu inquisiteur et de la couleur d'une feuille en automne me gêna.

- Ceci est une longue histoire difficile à raconter. Je vous dirai simplement que je n'ai pas toujours vagabondé sur les chemins, objectai-je en regardant mes mains.

- J'ai perçu votre culture, mon fils. De quel pays venez-vous ? J'entends à votre petit accent que vous n'êtes pas italien, dit-elle avec un joli sourire.

- Je suis Russe.

- Et d'une noble lignée, j'imagine.

- Non, je suis né dans une famille honorable, mais peu argentée.

- Vous ne souhaitez pas parler de votre vie. Je comprends tout à fait, mon fils.

Suite à cette réserve, elle n'en vint plus à me questionner. Elle s'était faite sûrement sa propre idée et je préférais qu'elle restât sur une fausse impression me concernant.

À l'heure de quitter ce couvent très hospitalier, il m'attrista de devoir me séparer de mère Marianne de Jésus ; car j'avais beaucoup apprécié sa sagesse et sa tranquillité. Or il était impératif pour moi de reprendre la route, le Seigneur m'ayant appelé à le faire. Je ne doutais jamais de son chuchotement au fond de mon oreille que d'aucuns qualifieraient de fantaisie de mon imaginaire.

Les premiers kilomètres furent une épreuve pour mes jambes, pour mon pied bot surtout, puisque je m'accordais de longues pauses au gré de mes rencontres depuis quelque temps déjà. Je luttai contre l'envie de retourner au couvent où la mère supérieure m'aurait sûrement donné une tâche conforme à mon handicap du bras gauche. Or j'aurais ainsi renié la volonté du Seigneur, puisqu'il m'avait commandé d'aller de l'avant avec détermination. Mon désir de ne point le décevoir me fit donc retrouver mon courage d'antan. En récitant la prière de Jésus, j'arrivais même à oublier les crampes dans mes mollets et autres maux torturant mon corps.

Une semaine plus tard ...

Chapitre 7

Octobre 1817

Au bout d'une longue montée, laquelle m'avait essoufflé, je m'assis sur le bord du chemin à l'entrée de la ville de Viterbo. Après une halte d'une petite dizaine de minutes, je pénétrai dans celle-ci par des rues étroites longeant des bâtiments médiévaux. Je m'arrêtais régulièrement pour admirer ces constructions pleines de charme. Dommage qu'une pluie fine gâchât mon plaisir. Car la saison d'automne prenait un tour capricieux, quoique splendide avec ses arbres au feuillage de couleur marron, rouge, orange ou jaune, ses étendues flavescentes, son air exhalant des parfums subtils. Depuis mon départ de Smolensk, j'avais eu l'opportunité de jouir de ces richesses que Dieu a créées pour que, nous les humains, nous les fassions fructifier.

En parcourant cette agréable cité, j'aperçus un cimetière accolé à une petite église. Les cloches retentissant pour avertir les paroissiens de l'imminence des vêpres, je hâtai le pas. Me voyant arriver d'une démarche tendue, un homme à l'entrée lança :

- Pourquoi paniques-tu de la sorte, mon brave. Ici, le service est lent. Le prêtre prend son temps, mais il n'est plus en très bonne santé d'ailleurs.

Cette façon de me tutoyer sans me connaître ne me donna pas envie d'engager la conversation avec cet individu mal éduqué.

Effectivement, l'officiant arborait une mine pâle et, bien qu'âgé de la trentaine environ, il disait la messe avec une certaine nonchalance, mais avec dévotion. Il prononça un sermon sur le devoir d'engagement de tout chrétien envers Dieu et son Fils Unique Jésus-Christ qui me parut très inspiré.

L'office terminé, je restai prier dans l'église et de façon à profiter des bonnes vibrations forgées par les milliers et les milliers de messes. Tandis que je récitais la prière de Jésus tout en essayant de plonger au plus profond de moi, une voix me fit sursauter :

- Monsieur ! Monsieur, s'il vous plaît !

Je sortis de ma méditation et tournai la tête vers cet intrus dont je vis qu'il s'agissait du prêtre.

- Monsieur, pardon, mais je vais fermer.
- Oui, bien sûr. Excusez-moi ! Je m'en vais tout de suite.

Me levant, je sortis de l'église en claudiquant légèrement.

- Monsieur, je suis désolé, entendis-je dans mon dos.
- Pourquoi désolé ? M'enquis-je.
- Vous boitez. Souffrez-vous d'un handicap ? Je ..
- Je ne fais plus attention à cette infirmité de naissance, mon père. Ceci dit, je n'en souffre pas ou pas trop.
- Puis-je vous inviter à partager mon repas ?
- Avec grand plaisir, mon père. Ne vous sentez pas obligé à cause de mon infirmité cependant.
- Puisque je vous le propose, mon fils.

Il m'accompagna jusqu'au presbytère où la table était déjà apprêtée pour une personne.

- Bianca ! Voulez-vous bien rajouter un couvert, je vous prie ?

La femme à son service s'empressa d'exécuter sa demande. Quand nous fûmes tous deux installés, je me risquai à une aimable plaisanterie :

- Vous avez eu pitié de ma jambe folle, n'est-ce pas !
- Pas exactement, mon ami. Disons, plutôt, que je m'y suis senti induit pas notre Seigneur Bien-Aimé. Pardonnez-moi … vous venez d'où ? Vous avez un charmant accent.

- Je viens de Russie. Je suis parti à pied de Smolensk, une petite ville proche de la Biélorussie.

- À pied ? Avec votre handicap ? Quel courage vraiment ! Je ne l'aurais pas eu personnellement, s'étonna-t-il en ouvrant grand ses yeux d'une couleur tirant entre le vert et le jaune. C'était, en effet, un bel homme qui ne devait pas laisser indifférentes certaines paroissiennes.

- Avec le soutien de Dieu, on peut accomplir des prouesses, mon père.

- Appelez-moi donc Luciano. Et vous, quel est votre prénom ?

- Lyov.

- Alors, mon cher Lyov, comment vous est venue l'idée de partir ainsi à l'aventure ?

- Oh, c'est une longue histoire. Comme vous diriez, je m'y suis senti instigué.

- Vous aviez une carte, je suppose, pour vous diriger jusqu'ici.

- Oui, en effet, je m'en suis procuré une, puis un doigt occulte m'a indiqué la destination finale. Je m'y suis résolu avec confiance.

- Quelle est cette destination ?

- Rome. Cependant, je ne sais pas encore pourquoi il me faut aller vers cet endroit.

- Ah ! Vous le saurez, peut-être, en y arrivant. En tout cas, vous parlez avec une belle foi.

- Le Seigneur est dans mon cœur du matin au soir. Quant à vous, Luciano, vous dites la messe avec beaucoup de calme et une grande piété.

- Ma lenteur ne plaît pas à tous mes paroissiens, mais je suis fait ainsi. J'aime peser chaque parole que je prononce ou chante. Elles n'ont aucune valeur si nous n'en méditons pas l'esprit. Je sens que vous comprenez mon propos, Lyov.

- Recevoir l'illumination spirituelle est une chose difficile, n'est-ce pas ? Questionnai-je comme si j'étais un novice dans l'art de la prière.

- L'illumination spirituelle est un grand concept. Quand la foi anime naturellement le cœur d'une personne, elle se dirige souvent vers le sacerdoce. D'autres doivent passer par la méditation de l'Écriture, par la confession et une vie exempte de tout péché pour aguerrir leur foi. Grâce à la foi, on prend goût à la prière et, pour rendre celle-ci pure, droite et productive, il faut la répéter longtemps et chaque jour.

- Votre discours est instructif, Luciano. Il est simple et sage, mais guère aisé pour tout un chacun de se conformer à un tel enseignement. Je remercie Dieu de m'avoir donné l'occasion de rencontrer un vrai homme d'Église.

Je m'abstins de préciser que je n'étais pas un débutant et que j'avais eu le privilège de saintes connaissances via mon regretté starets. Il aurait aimé entendre, sans doute, le récit de ces chemins difficiles par lesquels j'étais passé et qui m'avaient façonné spirituellement.

À la fin du repas, Luciano me suggéra d'aller me reposer ; car il lui fallait réfléchir à son prêche du lendemain. Je me dirigeai vers la cuisine où sa bonne était en train d'effectuer des tâches ménagères.

- Pardon de vous déranger, madame. Puis-je m'asseoir ici pour lire un peu ?

-Faites, monsieur. Ça me dérange pas.

Je pris place sur une chaise proche d'un chandelier et ouvrit la Philocalie. Tout en lisant, j'observai discrètement cette femme bien enveloppée, mais avec un visage aux fins linéaments, qui s'installa dans un coin, sa tâche terminée, et marmonna les mains jointes.

- Excusez mon indiscrétion, madame. Quelle est cette prière que vous faites ?

- Prier est ce qui m'occupe quand je travaille pas, monsieur. Je prie le Seigneur Jésus-Christ qu'il pardonne mes péchés.

- Au fil des ans, on comprend mieux la nécessité de demander pardon à Dieu et, donc, de se préparer à l'inévitable confrontation de notre âme avec Lui.

- Voilà qui est bien dit. Qu'est-ce que vous lisez ?

- La Philocalie, un recueil des pensées de vingt-six Pères ayant vécu au quatrième siècle avant Jésus-Christ.

- Ça doit être très intéressant, mais compliqué à comprendre.

- On y parvient à force. Cela fait longtemps que vous êtes au service de monsieur le curé ? Demandai-je pour l'amener à se confier.

- Cinq ans et j'étais déjà au service depuis quinze ans de celui avant lui. Ça m'a permis de pas tomber dans la misère.

- Cette confidence m'indique que votre vie n'a pas été facile.

- Ah, non alors ! À dix-huit ans, j'étais une jolie fille … enfin, c'est ce que les gens disaient. Mes parents me fiancèrent avec le fils d'un fermier, un garçon pas très avantagé par la nature mais qui était gentil. La veille de notre mariage, la mort l'emporta. Rupture d'anévrisme que le docteur diagnostiqua. Je fus guérie du mariage et poussée à partir à l'aventure en vivant de pain, d'eau et de prière. Car j'avais toujours cru que Dieu nous appelle, tôt ou tard, à suivre notre voie. J'avais peur toutefois d'errer seule sur les routes et de me retrouver face à un sadique ou un criminel. Une vieille femme de mon village m'avait enseigné une prière qui conjurait le mauvais sort, disait-elle. Je ne dépassai pas cependant les deux cents kilomètres et, incapable d'effectuer de durs travaux, je me décidai à frapper à la porte de ce presbytère où le père Giulio m'offrit un emploi de femme à tout faire, logée et nourrie. Voilà ! Si je meurs pas ici, ce sera forcément à l'hospice.

J'avais écouté avec intérêt la narration de cette bonne personne dont je sus qu'elle se prénommait Bianca. Son cœur pétri de foi envers Dieu l'avait menée avec maestria sur le chemin de son destin ici-bas.

« Les gens n'ont pas conscience, bien souvent, de suivre une voie tracée par le Créateur. Les âmes s'incarnent pour accomplir une expérience, parfois difficile, mais utile », pensai-je.

Bianca partit se reposer et je m'endormis là, la tête posée sur mes deux bras croisés sur la table.

Le lendemain matin, Luciano me réveilla doucement :

- Pourquoi avez-vous dormi d'une façon aussi inconfortable, Lyov ?
- Je suis accoutumé à l'inconfort, rétorquai-je après avoir retrouvé ma lucidité.

Il m'offrit un copieux petit-déjeuner. Je rendis grâce en moi-même pour la manière dont le Seigneur avait, une fois encore, pourvu à mon besoin.

- Je vais reprendre ma marche à présent. Accepteriez-vous de me bénir ?
- Naturellement, Lyov !

Sa main gauche posée sur ma tête, il murmura une prière en latin ; puis il chercha à savoir si je comptais toujours me diriger vers Rome.

- Assurément, puisque le Seigneur me l'a commandé.
- Il est vaniteux, en effet, de refuser de faire la volonté de Dieu, renchérit Luciano.

Sur la route, ensuite, j'éprouvais un sentiment de plein bonheur. Les événements survenus depuis un certain temps auguraient-ils d'un futur, désormais, serein ? Si Rome était le terminus de cette pérégrination, à quoi le Seigneur m'y destinait-il ? J'avais confiance dans le fait qu'il ne m'imposerait jamais l'accomplissement d'une œuvre dépassant mes petites capacités.

Chapitre 8

Novembre 1817

-1-

Une voiture de luxe, tirée par quatre chevaux, passa non loin de moi et stoppa soudain peu après m'avoir dépassé. J'eus le sentiment qu'elle attendait que je fusse enfin à sa hauteur pour repartir. Ayant aperçu des sortes d'armoiries sur la porte, je m'interrogeais sur le pourquoi de cet arrêt d'une personne de haut rang à hauteur d'un miséreux tel que moi.

Me tenant à une distance respectable, je vis un homme coiffé d'un chapeau à grands bords de couleur rouge. À cause de l'habit violet et de la croix en or sur le devant, il m'apparut qu'il s'agissait d'un ecclésiastique ayant une haute fonction au sein de l'Église.

- Où allez-vous ainsi, mon fils ? Lança celui-ci d'une voix grave.

J'avais envie de lui répondre : « En quoi cela vous regarde-t-il ? », puis ma petite voix intérieure me souffla de faire preuve d'affabilité.

- À Rome, mon père.
- Ainsi à pied ? Il m'a semblé que vous boitiez et c'est la raison pour laquelle j'ai fait arrêter la voiture.
- Il y a longtemps que je traîne mon pied bot, mon père.
- Je vois. Rome est encore loin, vous savez. Montez donc, je vais vous avancer un peu.
- Mes habits de vagabond vont salir le beau tissu de votre banquette, mon père.

- Ne vous souciez pas de cela et prenez place je vous prie. Paulo, veuillez descendre et ouvrir la porte à monsieur, je vous prie.

Tant de sollicitude me surprit et me gêna. Tandis que le cocher, à son service manifestement, faisait comme le lui avait demandé ce religieux, je perçus de l'animosité dans son regard. Servir un vagabond le contrariait visiblement.

Cette aide était néanmoins la bienvenue, vu qu'en ce mois de novembre 1817 un vent glacial transperçait mes vêtements trop légers et gelait mes membres. Car, depuis le début de l'été dernier, je m'étais séparé de mon manteau de peau devenu luisant de crasse à force.

- Vous n'étiez pas habillé pour marcher dans ce froid, mon ami, dit-il avec un regard empreint de pitié et d'un bleu si vif que celui-ci me pénétra jusqu'à l'âme.

Cette compassion touchant mon cœur hypersensible, je dissimulai mon émotion en baissant les yeux.

- Qu'allez-vous faire à Rome ? Votre accent m'indique que vous n'êtes pas italien.

« Encore un qui s'étonne de mon accent », pensai-je.

- Non, effectivement. Je suis Russe et ...

- Moscou est à plus de deux mille cinq cents kilomètres d'ici, coupa-t-il.

- Je n'ai pas compté les kilomètres, mon père.

- Il faut beaucoup de courage pour marcher de si loin avec un handicap de surcroît. À supposer que vous l'ayez accompli avec l'aide de vos seules jambes, ajouta-t-il en roulant de grands yeux et en levant haut ses épais sourcils.

- En effet, je l'ai fait à pied avec l'aide du Seigneur, mon père.

- Votre Éminence ... on dit Votre Éminence pour un cardinal.

- Vous êtes donc cardinal.

- Oui, je le suis comme mon habit le montre, mon fils.

- Il n'y en a pas dans l'Église orthodoxe.

- Je sais, mon fils. Dites-moi, vous êtes parti de Moscou ?

- Non, de Smolensk qui est une ville située à un peu plus de trois cents verstes de Moscou et proche de la Biélorussie. J'ai compris, bien après le commencement de cette marche, que le Seigneur m'y avait incité et, donc, qu'il me soutenait.

- Trois cents verstes ? À quoi correspond cette mesure ?

- Cela doit être proche de trois cent-cinquante kilomètres.

- En tout cas, votre foi me fait plaisir. Vous semblez aussi venir d'une bonne famille.

Je m'étonnai qu'il me perçût sous le jour d'une personne de qualité avec mes haillons sur le dos. Néanmoins, je répondis courtoisement :

- Non, Votre Éminence. Je suis issu d'une famille modeste. Mon grand-père, qui nous a élevés, mon frère et moi, tenait une auberge. Voyant que je m'intéressais aux livres, il m'a permis d'apprendre à lire et à écrire.

- En vous écoutant, on a le sentiment que vous avez eu une bonne éducation.

Ce nouvel encensement me dérangea tant il m'apparaissait hypocrite. J'osai donc lui rétorquer :

- L'intelligence n'est pas que l'apanage des notables et des puissants.

- Voilà une réponse sensée ! Vous ne m'avez pas dit ce que vous allez faire à Rome.

- Je ne le sais pas encore, Votre Éminence. Je me suis senti appelé à y aller voilà tout.

- Par Dieu !

- En effet !

- Vous avez l'air d'une personne étrange. Bien, je m'arrêterai avant Rome, mais vous aurez un moins long chemin à parcourir ensuite. À présent, permettez-moi de me reposer un peu et de méditer aussi.

- Je vous en prie, Votre Éminence.

Il ferma les yeux et je pris, quant à moi, la Philocalie dans mon sac pour en lire quelques passages au hasard. Cela me renvoya vers l'époque où mon vénéré starets me prodiguait un saint enseignement. Mon cœur éprouva tout à coup une nostalgie de ce temps-là. L'âme de ce cher disparu servait-elle le Seigneur Jésus-Christ, lequel le chargeait de m'assister ? Une éventualité qui m'émut fortement.

Deux heures s'écoulèrent, le cardinal dans sa méditation et moi, tantôt dans ma lecture, tantôt dans ma prière. Je me demandais s'il priait, lui aussi, ou si, trop occupée par le poids de sa charge, il ne pouvait plus s'adonner à un tel exercice que rarement. Personnellement, si cette communion avec le Seigneur me manquerait, je ne m'en faisais guère un devoir. Il s'agissait d'un besoin suscité par mon âme.

- Que lisez-vous, mon ami ? Quel est votre prénom, je vous prie ?

La voix grave du cardinal me tira de ma prière de Jésus à la façon d'une gifle en plein visage. Je fis en sorte de retrouver ma pleine lucidité sans paraître trop stupide. Son visage, invariablement affable et souriant, attirait néanmoins ma sympathie.

- Mon prénom est Lyov, Votre Éminence.
- Que lisez-vous, Lyov ?
- La Philocalie.
- Est-ce un ouvrage religieux ?
- Un recueil des pensées de vingt-six Pères du quatrième siècle.
- Vous permettez ? Dit-il en tendant la main droite recouverte d'un gant gris clair. Je remarquai la grosse bague sertie d'une pierre rouge, et d'un grand prix assurément, sur l'index de la gauche.

- Pardon, votre Éminence, mais il est écrit en cyrillique.

- En effet, je ne lis pas le cyrillique. Pouvez-vous alors m'en lire un extrait au hasard, je vous prie ?

Je fis cela avec joie. Après avoir écouté un passage de Saint Jean Chrysostome, il lança :

- Saint Jean Chrysostome fut un saint père de l'Église orthodoxe ainsi que docteur de l'Église catholique romaine et de l'Église copte également. Je me procurerai ce petit bréviaire en italien ou en anglais s'il existe.

Il jeta un dernier regard sur la couverture, puis il s'enquit :

- Vous n'avez jamais pensé entrer dans les Ordres ? À mon humble avis, vous y auriez été à votre place.

- Le Seigneur ne m'a jamais appelé à revêtir l'habit religieux.

- J'ai un bon ami qui se trouve à Moscou.

- Au sein de l'Église Orthodoxe.

- Non, il y a des églises catholiques à Moscou. Vous savez cela, n'est-ce pas ?

- Oui et non, Votre Éminence. Car je n'ai pas eu l'occasion de mettre les pieds dans la capitale de mon pays.

- La religion catholique et la religion orthodoxe se différencient sur un certain nombre de sujets, Lyov.

- Pour moi, Votre Éminence, les religions sont des affaires humaines. Le plus important est le niveau de foi que nous éprouvons envers le Bien-Aimé Seigneur Jésus-Christ.

- J'aime vous entendre parler de la sorte.

- Ne me répondez pas si vous trouvez cela trop indiscret, Votre Éminence. Puis-je savoir votre nom ?

- Cela n'est pas un secret, Lyov. Mon nom est Karl Huber.

- Merci infiniment Votre Éminence.

Ses nom et prénom prussien ne m'étonnèrent guère, ayant entendu, moi aussi, son accent. Nous retournâmes tous deux dans nos pensées … des temps de silence propres à ne pas faire dériver cet échange dans une banale superficialité. La voiture traversa un village pétri d'attrait et s'arrêta devant un bâtiment cossu. Il m'invita à le suivre à l'intérieur et je ne m'y opposai pas, puisque j'avais accepté de faire ce bout de chemin en sa compagnie. Si je n'avais jamais eu l'opportunité d'emplir mes yeux d'un décor aussi somptueux, je m'étonnais de ce goût d'un ecclésiastique, fût-il de haut rang, pour un tel étalage de richesse. Tandis que je me tenais à l'écart, il s'entretint avec un religieux en soutane noire dont la taille était ceinte d'une large ceinture violette et le cou entouré d'une grosse chaîne supportant une croix en argent certainement. Flanqué de son subalterne, le cardinal vint vers moi et déclara :

– Le père Amadio va s'occuper de vous, Lyov.

– S'occuper de moi, Votre Éminence ? Mais ...

– Ne soyez pas gêné surtout ! Et sachez que j'ai trouvé votre compagnie très agréable.

Il m'abandonna là, afin de couper court manifestement à une nouvelle protestation de ma part.

– Je vais vous demander de venir avec moi, dit le père Amadio.

– Où donc me conduisez-vous, mon père ?

– Je me conforme au désir de Son Éminence.

– C'est-à-dire ?

– Il souhaiterait vous voir porter des vêtements moins ... enfin plus ...

– Moins miséreux ? Vous ne me froisserez pas en le disant.

– Des vêtements qui vous mettront plus en valeur, voilà ! Son Éminence pense que vous êtes quelqu'un de valeur et qui doit être aidé.

Je me demandais bien comment il avait pu en arriver à une telle déduction.

- J'apprécie sa considération, mais il me faut continuer ma route maintenant, objectai-je d'une voix ferme.

- Cela contrarierait grandement le futur Saint Père si vous partiez ainsi.

- Le futur pape ?

- Oui, il y a de fortes chances que le Seigneur le choisisse pour cette fonction suprême quand Sa Sainteté Clément XIV aura expiré. Il est en effet très malade.

- Quelle est la fonction aujourd'hui de Son Éminence Huber ?

- Ah, vous connaissez son nom ! Il est Secrétaire d'État et premier collaborateur du Pape actuel.

Ainsi je ne m'opposai plus au désir de ce cardinal, y percevant celui du Seigneur de me faire la grâce d'un peu de confort. J'appris en outre que ce lieu était la résidence secondaire à la disposition de cet adjoint du Saint Père.

Alors qu'un autre religieux prenait mes mesures et vérifiait la pointure de mes chaussures en piteux état, je m'en tins à une attitude docile. Il comprit que l'une d'elles devrait être adaptée à un pied bot. Ce changement d'apparence correspondait-il à une évolution de mon statut ? J'espérais recevoir à ce niveau un petit signe de Dieu. Concernant la chambre qu'on m'affecta ensuite, son luxe princier ne me parut guère convenir à un homme de ma condition.

- Vous pourrez rester là autant de temps que vous voudrez, mais jusqu'à l'arrivée de vos nouvelles affaires en tout cas, confia Amadio.

On me servit un repas composé de mets très goûteux et que je n'aurais plus, sans doute, l'opportunité de manger. « Quel ange a soufflé à l'oreille de ce futur pape de tourner son regard vers moi et de me prendre sous son aile ? », pensai-je. Je n'étais pourtant qu'un modeste pèlerin et serviteur du Seigneur.

Je pus aussi prendre un bon bain, tailler ma barbe, que j'avais décidé de garder, et peigner mes cheveux blonds, lesquels étaient aussi longs que ceux du Christ de son vivant.

Une nuit, je vis en rêve mon cher starets Isaak qui me disait : « Une porte vient de s'ouvrir sur ton chemin de destinée ». Au réveil, cette injonction ne tomba point dans l'évanescence et elle demeura même bien présente dans ma mémoire. Que tout cela procédât d'une orchestration occulte me rassura en définitive. « Quel est donc ce chemin de destinée ? », murmurai-je. Je n'eus pas la faveur d'une réponse à cette question durant ou après mes prières. Je sentais cependant qu'il me fallait attendre le moment programmé par Dieu.

Quinze jours plus tard ...

-2-

Paré d'habits neufs et seyants, le corps reposé et débordant d'énergie, j'avais l'impression d'être un autre homme.

- Son Éminence vous attend dans son bureau. Si vous voulez bien me suivre, déclara le père Amadio un matin.

Certes, nous avions sympathisé pendant ces quinze jours. J'avais encore amélioré ma pratique de la langue italienne grâce à l'échange avec des religieux et à la lecture d'intéressants ouvrages dans la vaste bibliothèque. Je craignais, à présent, de n'avoir plus le courage d'affronter le froid, la pluie, le vent en pleine face. S'il ne me restait plus énormément de kilomètres à faire jusqu'à Rome, il m'apparaissait insensé de marcher avec les beaux habits actuellement sur mon dos.

J'entrai dans une vaste pièce où, assis derrière un magnifique bureau en acajou, le cardinal Karl Huber me reçut avec amabilité. Tandis qu'il me priait de prendre place face à lui, je regardais le portrait du pape Clément XIV et semblable à un empereur sur son trône. Quant au cardinal, outre une forte personnalité, il émanait un bel humanisme de son regard bleu clair. Nul doute qu'il ferait un grand pape si Dieu l'avait destiné à l'être.

- Le père Amadio m'a fait part de votre souhait de nous quitter. Il était donc important que je vous confirme que vous n'êtes en rien une charge ici. Vous pouvez demeurer longtemps dans cette maison si vous le désirez. Je vous trouverai même un travail à votre mesure, dit le cardinal.

- Je vous en sais gré, Votre Éminence. Je suis surpris, néanmoins, de cette protection à mon égard, n'étant qu'un pauvre pèlerin peu instruit.

- Mais intelligent, très intelligent, Lyov. J'ai vu en vous ce que vous ne connaissez pas de vous-même. De mon point de vue, si vous aviez été un membre de l'Église catholique, vous y auriez gravi facilement tous les degrés. Dieu ne vous y a pas appelé et ses voies sont impénétrables. Lui seul, donc, détient le secret de votre destinée.

- Je suis d'accord, Votre Éminence. Je sens que le Seigneur me commande maintenant d'aller à Rome sans savoir encore ce qu'il envisage de m'y faire accomplir.

- Il convient alors pour vous de suivre la volonté de Dieu. Je vous ai fait préparer un petit mot pour le cardinal Pierre Aubertin, qui est un ami et auprès duquel vous pourrez requérir de l'aide si besoin. Voici aussi une somme d'argent qui vous permettra de voyager confortablement jusqu'à Rome et de ne manquer de rien ensuite.

- Votre bonté touche fortement mon cœur, Votre Éminence, mais je ne peux accepter cet argent.

- Pourquoi cela ?

- Tout simplement parce que je ne l'ai pas mérité.

- Quelle idée ! Croyez bien, Lyov, que je ne fais pas ce geste par pitié. Vous me fâcheriez en le pensant. Ma conscience serait tourmentée, par contre, en vous imaginant en train d'errer comme un pauvre vagabond sur la route.

Je m'interrogeais, plus encore, sur le pourquoi de la bienveillance de ce prélat envers mon insignifiante personne. Devais-je interpréter cela comme une protection filiale du Seigneur par le biais de cet ecclésiastique ?

- Pourtant, j'ai marché sous des conditions extrêmes depuis Smolensk et je n'en suis pas mort. Vous ne me connaissiez pas et vous dormiez tranquillement, arguai-je avec un léger sourire sur les lèvres.

- À présent, je vous connais et ce fait change tout. Écoutez, Lyov, si je vous avoue que Dieu m'a inspiré cette aide à votre égard … vous me croirez ?

- Vous me piégez, Votre Éminence. Je vous crois évidemment et je me dois donc d'accepter pour ne pas contrarier notre Bien-Aimé Seigneur.

- Votre foi m'est très très agréable, Lyov.

Il y avait tant d'amour dans le cœur de cet homme que le mien ne pouvait qu'en être tout retourné. L'émotion mouilla mes yeux.

- La porte de cette maison vous est désormais ouverte. Revenez-y quand vous le voudrez, déclara le cardinal.

Après avoir loué encore sa générosité, je pris congé. Je ne doutais point qu'il allait devenir le prochain pape et qu'il marquerait l'Église catholique de son empreinte. Avant de quitter cette somptueuse enceinte, où le Seigneur m'avait fait séjourner d'une façon singulière, je pris le temps de saluer tous les religieux au service du cardinal et, ensuite, la direction de Rome. Tandis que je réfléchissais sur le mode de déplacement adéquat, une voix me suggéra d'utiliser l'argent en ma possession dorénavant. J'avais eu le privilège de ce murmure dans les moments déterminants de ma pérégrination. D'en être gratifié, derechef, mit mon cœur en joie.

Me conformant donc à la volonté divine, je m'informai au sujet de l'existence d'un relais de poste en ce lieu. Avec courtoisie, un villageois m'en indiqua un à proximité. Mes habits neufs et de belle facture ne me donnaient plus l'apparence d'un piteux hère et, partant, cela m'épargnait les regards dédaigneux sur ma personne. J'avais été doté, de surcroît, de vêtements de rechange bien rangés dans un grand sac de cuir. J'aurais pu, naturellement, revenir vers la résidence du cardinal et y bénéficier d'une calèche pour mon voyage, mais je désirais retrouver ma pleine autonomie.

Dans la diligence, tirée par six chevaux, qui me transportait vers Rome en compagnie de cinq autres passagers — une place d'un prix prohibitif selon moi —, j'étais heureux de pouvoir prier en mon être. Le luxe auquel j'avais été contraint, comme par un coup de baguette magique, ne m'incitait guère à la vanité. Cet embourgeoisement détonnait néanmoins avec l'humilité indispensable à une sainte dévotion. Trois voyageurs eurent soudain la mauvaise idée de bavasser et de compromettre la récitation intérieure de mes oraisons. Via la lecture de la Philocalie, je fis en sorte d'enfermer ma pensée dans une bulle.

Chapitre 9

Janvier 1818

-1-

La diligence parcourut une partie de la ville avant de stopper dans la cour d'un relais, lequel était assuré par un hôtel.

Je partis de là en quête d'une auberge au confort ordinaire, soucieux de ne pas me servir de l'argent donné par le cardinal Karl Huber et de souscrire ainsi à un train de vie de notable. Certes, je savais différencier à présent la misère et le luxe, ayant vécu l'un et l'autre. Le patron de celle-ci me proposant sa plus belle chambre, je lui rétorquai :
- Je me contenterai d'une petite et très simple, monsieur.
- Une personne de votre qualité ...
- S'il vous plaît, faites selon mon désir, coupai-je.
- Comme il vous plaira, monsieur.
Cela me dérangeait vraiment d'être perçu sous l'angle d'un privilégié à cause de mes beaux vêtements.

J'achetai un plan de Rome dans une boutique pour en visiter les hauts lieux et me familiariser avec cette capitale. Je découvris que les vestiges antiques n'étaient plus, depuis longtemps, que ruines. En m'appesantissant sur certains, j'essayai d'imaginer leur grandeur et faste d'antan. Je fis l'acquisition d'un album sur ces monuments ainsi que d'un livre racontant l'histoire de cette cité. Je pus donc m'instruire tout en buvant un verre dans une taverne de bon niveau, afin de ne pas être importuné par d'affreux pochards. Je ne regrettais pas la pérégrination accomplie sous une météo rigoureuse, vu qu'elle me permettait de résider maintenant en cet endroit à l'inexprimable beauté et où je me sentais dans mon élément. « Puisse Dieu m'y faire demeurer pour le restant de mes jours », me dis-je.

Dans la chambre, que j'avais louée, je m'allongeai sur le lit tout en m'efforçant de retrouver le chemin de la prière de Jésus. J'avais quelque peu délaissé celle-ci et éloigné ce bonheur de mon cœur durant mon séjour dans les appartements du cardinal Huber. En effet, le confort m'avait détourné de cette extrême simplicité que j'aimais tant finalement et grâce à laquelle il m'était possible de communier avec le Seigneur.

M'adressant à haute voix à Jésus-Christ, je l'interrogeai au sujet des événements que je venais de vivre récemment. « Confirme-moi, Bien-Aimé Seigneur, que je n'ai pas été la pauvre victime du Tentateur ». Je craignais que celui-ci ne se fût servi des travers de mon ego pour m'amener à pécher. En simple humain, j'étais bien incapable d'accéder à une belle sainteté.

-2-

Après une bonne nuit de sommeil et un copieux petit-déjeuner, je pris la lettre écrite par le secrétaire du cardinal Huber qui était scellée par un cachet de cire incrusté d'un emblème et de l'inscription « State In Fide ». J'avais appris, pendant mon séjour dans la résidence de ce prélat, que les cardinaux ont leur propre écu représentant le blason de la famille du cardinal … une chose non systématique toutefois. Concernant la lettre, je m'interrogeais sur son contenu. Par ailleurs, j'hésitais à me rendre à l'adresse indiquée en vue de rencontrer le cardinal Pierre Aubertin, vu que je n'envisageais pas de me laisser aller à la facilité, ni d'acquiescer à la douceur d'un bonheur oisif.

Mes tergiversations eurent pour résultat, en définitive, de me dissuader de partir à la rencontre de ce haut ecclésiastique ; car j'aspirais à me satisfaire d'une existence dénuée de luxe. Dans le cadre rustique de ma chambre actuelle, j'avais le sentiment d'être en accord avec le bon vouloir du Seigneur. Avec du pain et de l'eau pour unique nourriture, je m'y mis en prière une journée entière, voire jusqu'à ce que le sommeil me fît sombrer dans une mer cotonneuse. Au réveil, j'étais résolu à m'imposer ce rythme en espérant que Dieu me ferait enfin la grâce d'un commandement.

Trois jours durant, je priai avec ferveur tout en continuant de ne me nourrir que de pain et d'eau. Le matin du troisième, je me souvenais de l'injonction entendue au cours d'un rêve : « Mon fils, ma volonté est que tu fasses entendre un premier message au monde. Voici, je le grave en ton cœur ! ». De devoir accomplir une œuvre trop grande, et dépassant mes modestes possibilités, me tourmenta. D'ailleurs, comment réussirai-je à transmettre au monde un message caché en moi ?

Je m'étonnais de n'en avoir pas la moindre bribe à la pensée.
« Dans le calme, il surgira ! Confiance, mon fils ! », entendis-je au
fond de mon oreille. Ayant reconnu le murmure si doux et grave
du Seigneur, je quittai ma petite chambre pour dormir, comme
jadis, à la belle étoile. Là, je relus l'Évangile de Jean. Les « Suis-
moi ! », ordonnés par Jésus-Christ à ses disciples résonnèrent
d'une manière particulière au fond de mon cœur. J'avais
l'impression qu'il me commandait de le suivre pareillement, tel
un aveugle.

Ainsi il m'avait guidé jusqu'à Rome pour y accomplir
cette mission. Pourquoi moi, homme le plus humble parmi les
humbles, et pourquoi ce lieu précisément ? Mon tempérament
enclin à la réserve tendit à freiner mon engagement sur cette voie
que Jésus-Christ m'appelait à emprunter. « Au risque de te
décevoir, Bien-Aimé Seigneur, je ne me vois pas aller au-devant
des gens pour leur annoncer l'Apocalypse ou je ne sais quoi
d'autre. Ce monde de ténèbres ne mérite pas, d'ailleurs, de
recevoir le privilège de ta Lumière ». Je n'entendis aucun
chuchotement en retour. Nul doute, pourtant, qu'il
désapprouvait mon propos et que mon refus, voire que la
confirmation de mon incapacité, le désolaient. Ne m'avait-il pas
préservé, jusque-là, du pire ? Et moi, aujourd'hui, je me défilais,
je choisissais le laxisme. Pendant près d'une semaine, je restai
dans cet état d'esprit … à savoir partagé entre mes deux moi,
entre deux aspirations. Je m'en voulais et j'étais malheureux aussi
à cause de la peine que je faisais sûrement au Seigneur.

-3-

Puisque je n'avais pas l'intention de rendre visite au cardinal Pierre Aubertin, je rompis le cachet de cire et lus le mot dicté par mon bienfaiteur. Je fus très étonné qu'il y fît mon éloge, alors qu'il ne connaissait rien de moi et qu'il n'avait aucune preuve de ma prétendue valeur. Avait-il fait cela par charité chrétienne et pour inciter ce cardinal à me protéger ? Il me vint que je n'avais qu'une piètre opinion de ma personne et que, probablement, ce prélat avait su lire en mon âme.

Cette lecture fut comme une sorte de déclencheur, une incitation à une plus grande assurance en mes capacités. Je me mis en prière avec l'intention de n'en sortir qu'au moment où j'entendrai clairement le Seigneur me répéter qu'il m'envoyait bien accomplir une mission pour le bien de l'humanité.

« Vanité ! », entendis-je au fond de mon oreille.

Faisais-je preuve de vanité ? Satan s'amusait-il de ma vulnérabilité et de mon incertitude ? Mon cœur fut soudain la proie d'un fort tourment, d'une affreuse angoisse.

Il m'apparut nécessaire de sortir de cette grande ville, trop animée pour un travail spirituel. Deux heures plus tard, j'avisai un endroit isolé où il me serait possible de prier en toute quiétude. Un retour aux sources qui s'avérait indispensable à la recherche de la volonté du Seigneur. J'eus alors une pensée tendre pour les Pères du désert. Ceux-ci avaient, en effet, tiré un trait sur une existence normale, mais connu la félicité de l'abnégation. À l'aide de la Philocalie et de l'Évangile, mon esprit finit par s'apaiser ; ce qui me permit de faire derechef l'expérience de la merveilleuse sensation de la communion avec Dieu au fond de mon être. Cela eut l'air d'un baptême, d'une illumination. À présent, j'éprouvais l'ardent désir d'exhumer ce message que le Seigneur m'avait dit, en rêve, avoir gravé en mon cœur. Je craignis toutefois qu'avec le temps, il ne se fût fossilisé ou qu'il n'eût été l'objet d'une triste effaçure. Il me faudrait donc faire le deuil de cette grâce ou attendre un nouveau message.

Une semaine durant, cette instabilité de mon mental persista avec des hauts et des bas, des moments de foi et, d'autres, où la suspicion s'empressait de détruire le travail spirituel accompli. Un matin, tandis que les lueurs lactescentes de l'aube drapaient joliment le ciel, j'eus la vision du visage de Jésus-Christ. Celle-ci avait été tellement furtive que je crus en une hallucination, en une œuvre de mon imaginaire. Pourtant, cette très brève manifestation stimula mon désir de voir le Seigneur et d'entendre, surtout, ce qu'il attendait réellement que je fisse. Toujours à l'affût, le Malin se servit de ma raison pour anéantir cette envie : « Ne vois-tu pas qu'il s'agit là d'une aspiration prétentieuse et chimérique ? Ton âme n'est pas assez pure pour bénéficier de cette faveur ». Dans l'Évangile de Jean, je relus que Pierre n'avait pas toujours été d'une grande sainteté et qu'il avait même renié Jésus-Christ ; même si cela avait été prédit par Jésus et, partant, par l'Écriture. Le Seigneur n'était-il pas apparu aux disciples après sa mort comme un être en chair et en os ? Ce prodige suscita mon espérance d'une grâce identique.

Les jours suivants, j'attendis que ce miracle se produisît. Outre un enchantement, cette apparition du Seigneur serait évidemment un moment très impressionnant. Dans le cas où il ferait cela dans une apparence autre que celle que je connaissais à travers les icônes, je ne saurais vraiment s'il s'agissait de lui ou d'une entité maline. Ma petite voix intérieure me suggéra de ne pas angoisser avant l'heure et de lâcher prise momentanément. Par le biais de la prière, je parvins à m'éviter le lancinant va-et-vient des pensées parasites. La météo clémente en ce mois de juin

1817 me permettait de demeurer dans mon petit coin de nature sans souffrir des désagréments de la pluie et du froid. Certes, cela fripait mes beaux vêtements et tendrait même à me faire retrouver bientôt ma piteuse apparence d'une époque pas si lointaine.

-4-

La silhouette d'un ange, au sein d'une nuée, me fit croire tout d'abord à une facétie de mon imaginaire. Mais le son clair d'une voix déclarant : « Je viens t'annoncer que le Fils du Père t'apparaîtra cette nuit. Reste éveillé ! », me dissuada de percevoir cela sous le jour d'une divagation. La nuée se fondit dans l'espace et, avec elle, la manifestation de cet étrange messager.

Cette obligation de rester dans l'expectative d'une apparition divine provoqua un grand stress en moi. Mon moi raisonnable m'incita derechef à douter, à me demander si je n'avais pas été la victime d'un ange déchu. Quant à mon moi intérieur, il me conseilla de prendre garde à ne pas mettre en échec la magie de ce moment exceptionnel. La prière de Jésus, que j'avais fait évoluer ainsi : « Bien-Aimé Seigneur Jésus-Christ, daigne me faire la grâce de ta divine Lumière », redynamisa la foi en mon cœur et sérénisa parallèlement mon esprit.

Le dos bien calé contre un chêne, vieux de plusieurs centaines d'années à en juger à l'importance et aux nœuds du tronc, j'observais l'obscurcissement progressif de la voûte céleste. Pendant cette attente, il me revint des souvenirs éloignés : Smolensk, le terrible incendie qui nous envoya à la rue, ma femme et moi, le décès de cette dernière et, enfin, mon départ à pied sans but précis. Je réalisais que le Seigneur m'avait fait vivre ces drames pour me mener vers mon destin que je savais exigeant désormais ! Or, bizarrement, je n'aspirais pas à retourner vers le lieu de mes racines.

Au fil des réminiscences, le temps s'écoula. N'ayant pas de montre, j'avais appris à repérer les heures grâce à l'observation de la voûte céleste. Ainsi je sentais que le milieu de la nuit approchait. Le Seigneur m'observait-il patiemment ? Les yeux clos, je m'efforçais de garder l'esprit ouvert et confiant.

Le phénomène se produisit, comme lors d'un rêve éveillé. Dans le giron d'une lumière à la scintillation irisée, je distinguai une forme et j'entendis un son cristallin pareil à celui d'une source. L'émotion et la crainte figèrent alors le sang dans mes veines. Peu à peu, la silhouette se précisa et devint un personnage vêtu d'une longue robe blanche, la tête et les épaules entourées par une cascade lumineuse. Puis deux yeux à l'iris vert clair et transparent vinrent éclairer le visage. Tandis que ce regard surnaturel captait le mien, une chaleur douce se mit à pénétrer mon corps. Il s'ensuivit un merveilleux apaisement de tout mon être.

« Entends ceci ! ». Une injonction qui résonna distinctement dans mon oreille.

Brusquement, je défaillis et continuai à vivre cette expérience au sein d'un songe. Dans une dimension féerique, je reçus l'instruction sur ma mission.

En sortant de cette sorte d'endormissement, j'avais un souvenir clair de l'insufflation du Seigneur en mon cœur et l'impression toutefois que cela n'avait duré que peu de temps.

Je revins ensuite à Rome pour acheter un crayon, du papier et louer une chambre dans un petit hôtel. Je n'y fus pas reçu avec déférence, cette fois, à cause de mes habits froissés et poussiéreux. Quoique cette simplicité me convenait parfaitement, j'avais entendu que je ne devais plus m'astreindre à un triste dénuement. Il fallait donc que je me départisse de la croyance en une plus grande proximité de Dieu par l'indigence.

De connaître maintenant l'œuvre à accomplir et comment la faire m'avait tranquillisé. Je pris une calèche en spécifiant au cocher de me conduire vers la partie la plus commerçante de la ville. Ainsi je pus acheter des vêtements seyants, mais simples. Fort de la bonté du Cardinal Karl Huber, je disposais d'assez d'argent pour me déplacer en diligence, dormir dans des hôtels et manger à ma faim. Nul doute que Jésus-Christ avait arrangé ma rencontre avec cet ecclésiastique, afin que je pusse le servir efficacement.

Dans ma chambre, je transcrivis le message que le Seigneur avait gravé en mon cœur et qui en remontait facilement à présent vers ma pensée. Je n'aurais su le concevoir, en outre, avec une telle profondeur.

« Mes chers amis, Dieu vous commande, par ma voix, de vous agenouiller et de dire la prière suivante :
[Dieu Tout-Puissant, aie pitié de nous pauvres pécheurs. Gratifie-nous expressément de la grâce de ta Lumière Divine].
Accomplissez cela avec de l'amour plein le cœur. Puisse cette supplication changer vos comportements et vos actes au quotidien. Par celle-ci, vous tirerez ce monde des ténèbres dans lesquelles il se trouve. Ayez foi en la vérité de la Lumière de Dieu, car elle bien réelle, même si vous ne la verrez guère avec vos yeux.
Moi qui ne suis ni religieux, ni saint, mais l'humble serviteur de Dieu, je vous conjure de prendre ce premier commandement au sérieux. Plaise à Dieu de me faire la grâce de vous en transmettre plusieurs autres et celle de vous guider sur ce chemin exigeant.
Surtout, mes chers amis, ne tentez pas la Colère de Dieu ! ».

En ce mois de Mars 1818, je me préparais à donner ce message urbi et orbi en commençant par la Place Saint-Pierre à Rome. Je laissais au Seigneur le choix de la meilleure manière pour le faire entendre à l'humanité. Ainsi que je l'avais toujours fait, je m'en tiendrai à exécuter scrupuleusement ses ordres.

J'étais heureux de cette œuvre m'induisant à me mettre au service de Celui pour qui j'éprouvais un immense Amour en mon âme.

Table des matières

Dépôt légal : Mars 2023

© 2023, François de Calielli

Imprimeur et éditeur :

Édition : BoD – Books on Demand, info@bod.fr
Impression : BoD – Books on Demand, In de Tarpen 42,
Norderstedt
(Allemagne)
Impression à la demande